KB176129

어느 공무원의 우울

글을 쓰고 있던 중 아빠에게 문자가 왔습니다.

"엄마가 사경을 헤매고 있다."

비록 나와 엄마의 사랑은 서로 닿지 못했지만 모진 세월

고단한 삶을 사신 엄마를 생각하면 가슴 한쪽이 저릿해집니다.

사랑하는 엄마.

이번 생에 친절하지 못했던 세상과 사람들에게 받은 많은 상처들은

이제 이곳에 두고 그곳에는 행복하시길 바랍니다.

다음 생이 있다면 부유하고 행복한 집안에서

사랑받는 자식으로 태어나시길 간절히 기도합니다.

어느 공무원의 우울

정유라 지음

크루

목차

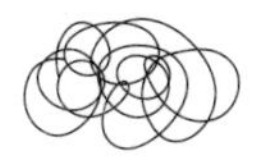

자살 시도

나는 누구를 원망해야 하는 걸까?

폐가 터질 정도로 숨을 크게 들이마셔도 산소가 부족한 느낌. 누워만 있어도 눈물이 줄줄 흐르지만 손가락 까닥할 힘도 없는 이 무기력함. 나는 이렇게 키운 부모를 원망해야 하는 걸까 이렇게 자란 나를 원망해야 하는 걸까. 지난 20여 년을 나를 원망하고 부모를 원망해도 가슴의 답답함과 우울함은 사라지지 않았다.

일산화탄소를 마시고 하는 기침은 숨이 턱까지 차오르게 달린 뒤 하는 기침과 비슷하다. 단지 달린 뒤 하는 기침에는 신선한 산소가 뒤따르고, 일산화탄소를 마신 뒤 하는 기침에는 더 많은 양의 일산화탄소가 폐로 들어간다는 점이 다르다.

평소의 나는 일산화탄소 속에 있는 것도 아닌데 일산화탄소

속에 있는 것처럼 숨이 막혔다. 차라리 평소에도 일산화탄소 속에 있다면 일산화탄소 때문이라고 생각할 텐데. 그래서 차에 번개탄을 피우고 죽음을 청했을 때, 숨이 막히면 괴로운 게 보통이지만 산소가 부족해 숨이 막히는 그 상황이 만족스러웠다.

[엄마, 딸 죽는 거 보고 싶지 않으면 연락하지 마세요. 이제.]

내가 정신과에서 우울증 치료를 받고 있는 걸 고백했을 때 부모는 자기들을 원망하라고 했다. 미안하다고 했다. 어떤 부모들은 그들에게 입은 상처를 말했을 때조차도 아직도 그런 일을 기억하냐며, 네가 부족한 게 뭐가 있냐며, 내가 너한테 못 해 준 게 뭐가 있냐며 자녀들의 상처를 인정하지 않고 오히려 당당하다고 하는데 나는 복에 겨웠다. 그런데 사과를 받아도, 부모의 태도가 바뀌어도 답답함은 사라지지 않았다.

모든 게 순조롭게 돌아가던 어느 날, 그날은 정신과 진료가 있는 날이었다. 나는 회사 사무실 책상 위에 놓여 있던 손거울을 챙겨 퇴근한 뒤 정신과 진료와 심리 상담을 받았다. 그리고 집으로 가는 길에 맥주 한 캔을 사다 차 안에서 그날 처방받은 7일 치 약을 한입에 털어 넣었다. 그런 다음 가지고 나온 손거울을 깨서 손목에 자해를 하고 기절했다. 일어나 보니 내 방 침대였다. 오랜 내 연인이 나를 찾아내어 집으로 옮겨 놓은 것이었다.

다음 날 연인은 연가를 내고 하루 종일 내 옆에서 내가 딴짓을 하지 않을지 속을 태웠다. 그다음 날 연인은 계속 연가를 낼 수 없었기 때문에 출근을 했고, 연인의 걱정이 무색하게 나는 눈을 뜨자마자 죽어야겠다는 생각에 사로잡혔다. '죽는다'라는 명령어를 입력한 기계처럼 도장 10개를 꽉 채운 커피 쿠폰을 들고 집 앞 커피숍에서 아이스 아메리카노를 주문한 다음 약국에 가서 수면 유도제 한 통을 샀다. 그리고 집 앞 슈퍼에서 번개탄 두 개를 구입해 동네 후미진 골목으로 차를 몰고 가 자리를 잡았다.

간단한 유언을 동영상으로 남기고 수면 유도제 10알을 한 번에 입에 털어 넣은 뒤 번개탄에 불을 붙였다. 하얀 연기가 금세 차 안을 채웠다. 처음엔 숨 쉴 만했다. 이제 잠이 들기만 하면 되는데 약 기운이 너무 늦게 돌았다. 잠이 쉽사리 오지 않았다. '어제 먹은 정신과 약을 지금 먹었어야 하는데' 하는 생각과 동시에 숨이 점점 차기 시작했다. 아이스 아메리카노를 쭈욱쭈욱 들이켜며 일산화탄소의 여유를 즐겼다. 그 순간이 만족스러웠다. 분명히 나는 어떤 미련도 없었다.

산소가 부족해지자 몸은 산소를 원해 큰 숨을 들이켰고, 일산화탄소 속에서 숨을 들이켜자 큰 기침이 나왔다. 숨을 쉴 때마다 큰 기침을 했다. 기도가 쓰렸다.

아, 죽는구나…….

그걸 참았어야 했다. 미련스럽게도 본능은 이성을 따라가지 못하고 더 이상 참을 수 없게 되자 나 스스로 차 문을 열고 나와 버렸다. 초라하게도 내 자살 시도는 그렇게 끝났다.

내 몸뚱이는 비루하게 나왔지만 차에서 번개탄은 활기차게 연기를 내뿜고 있었다. 이틀에 걸친 자살 시도에 실패하고 차에 불이 붙을까 119에 전화한 뒤 연인에게 전화했다. 5분도 되지 않아 소방관과 경찰관이 내 위치를 추적해 도착했다. 소방관은 번개탄을 껐고, 경찰관은 차 옆에 수면 바지 잠옷 차림으로 쪼그려 앉아 있는 나에게 이것저것 질문을 했다. 자상했다. 그리고 사무적이었다. 사무적인 자상함에 익숙한 나는 그들이 실망하지 않게 그들의 의무를 다하도록 성실히 대답해 주었다.

"죽으려구요."
"근데 왜 나오셨어요. 끝까지 계시지."
"그러게요."
"선생님도 마음 한구석엔 살고 싶은 마음이 있으니까 나오신 거예요. 잘 나오셨어요."

살고 싶은 마음은 전혀 없었다. 그저 숨이 막혔고 생존 본능이 이겼을 뿐이다. 대답을 마치고 습관적으로 전자 담배를 물었다. 손이 미세하게 떨리고 있었다. 그 사이 연인이 도착했다. 경찰관은 지역 병원에 동행하길 원했지만, 나는 연인과 함께 다니고 있는 병원에 갈 거라고 말했다. 연인은 경찰관과 한참을 이야기하고 나서야 나에게 올 수 있었다. 나의 떨리는 손을 연인이 잡았다. 비로소 경찰관에서 연인에게 인계될 수 있었다.

"연락해 줘서 고마워."

나는 연인이 이해되지 않는다. 내가 만약 나 같은 연인을 만나고 있었다면 바로 이별을 통보했을 것이다. 연락해 줘서 고맙다니. 살아줘서 고맙다는 말이겠지만, 나는 나를 끔찍이도 사랑하는 내 연인을 이해할 수 없었다. 병원에 가겠다는 확답을 듣고 소방관과 경찰관은 철수했고, 탄내 가득한 몸으로 집에 돌아와 옷을 갈아입은 뒤 다닌 지 오래된 작은 정신과로 향했다. 머리카락에선 여전히 탄내가 났다.

정신 병원

정신과 의사 선생님은 나에게 입원을 권했다. 어떻게 돼도 상관이 없던 나는 입원해서 치료받기로 했다. 의사 선생님은 정신과가 있는 대학병원에 전화하여 침상이 남아 있는지 확인했고, 다행히 자리가 남아 있어 서울 모 대학병원의 정신병동에 자의입원을 하기로 했다.

응급실을 통해 입원하기 위해 간단한 문진표를 작성하던 과정에서 연인이 소염 진통제를 먹는다고 하자 간호사가 약 이름을 물어봤다. 어렵게 알아내서 말해 주니 코로나19 때문에 그 약엔 해열 성분이 들어 있어 보호자로 들어갈 수가 없고, 보호자 없이는 응급실에 들어갈 수도 없다고 했다. 아직 약 기운이 남아 몸을 잘 가누지 못하던 나는 연인에게 한참을 기대어 서 있었고, 연인은 결국 나의 존재를 알고 있는 절친에게 전화해서 도움을 요청했다. 연인의 절친은 택시를 타고 금방 도착했다. 연인의 절친은 응급실에 내 보호자로 들어가고, 연인은 응급실 밖에서 발을 동동거리며 나를 기다렸다.

약을 먹고 일산화탄소를 마셨기 때문에 시간마다 혈액 검사를 위해 피를 뽑아갔다. 링거로 뭔지 알 수 없는 수액을 맞으면서 소변 검사도 받았다. 어느 정도 검사를 받았을 때쯤 담당 전공의가 찾아와 입원을 하려면 친부모의 동의가 필요하다고 했다. 자의입원을 하러 왔다고 해도 이런 경우에는 친부모의 동의가 원칙이라며 절대 자의입원을 허락할 수 없다고 했다. 한참을 실랑이하다 결국 새벽 2시가 넘어 응급실을 나왔다.*

다음 날 급하게 심리 상담 예약을 잡고 상담실을 방문했다. 그날은 토요일이었기 때문에 심리 상담 선생님께서 비번인 담당 의사 선생님과 연락하여 다시 한번 자의입원을 알아봐 주었다. 다행히 그날은 나와 제일 친한 오빠가 보호자 역할을 위해 오전 근무를 마치고 달려와 줬다. 또다시 같은 대학 병원 응급실로 들어갔지만 어제와 똑같은 답변이 돌아왔다.

* 내가 갔던 대학병원의 정신병동은 환자가 강제입원한 경우 의무적으로 3~4주를 입원하게 되는데, 자의입원은 그 기간을 채우지 않더라도 환자 본인이 퇴원하겠다고 하면 퇴원을 막을 근거가 없기 때문에 나처럼 자살 시도로 들어온 환자는 강제입원을 원칙으로 하고 있었다.

내가 지금 부모 때문에 자살 시도를 하고 정신 병원에 스스로 입원을 하러 왔는데 어떻게 부모의 입원 동의를 받을 수 있고, 내가 내일모레 마흔인데 보호자가 왜 필요하냐며 설명하러 온 정신과 전공의한테 울면서 하소연을 했다. 전공의는 안타까운 표정으로 원칙이라 어떻게 할 수 없다며 재차 부모와 연락할 수 없냐고 물어봤다.

결국 누군가 부모에게 연락했다. 연락을 받은 부모는 4시간이 걸리는 거리를 급하게 운전해서 올라왔다. 그사이 교대 시간이었는지 전공의가 바뀌었고, 나는 부모 얼굴을 볼 수 없다며 전공의에게 대신 동의서를 받아 와 달라고 부탁했다. 부모는 딸 얼굴 한 번 보지 못하고 걸음을 되돌렸을 것이다. 돌아온 전공의가 오늘은 응급실에서 밤을 보내고 내일 병동으로 올라갈 수 있다고 했다. 전공의가 병동에 대해서 설명을 하고 내 동의를 받던 중 자해 행위나 뭔가 문제 행위를 하면 2주간 격리실에 머물러야 한다고 설명하는데 옆에서 같이 설명을 듣던 오빠의 눈시울이 빨개졌다. 전공의가 나가고 오빠가 애정 어린 타박을 했다.

"이 매정한 년아……."

내 손을 잡은 오빠의 손이 따뜻했다. 미안한 마음에 눈물이 났다.

오빠는 집으로 가고 연인과 보호자를 교대했다. 연인과 응급실에서 밤을 보내고 다음 날 정신병동으로 입원을 기다리는데 또 그사이 전공의가 교대를 했는지 어제 처음 담당했던 전공의가 어쩔 줄 모르겠다는 표정으로 다가왔다. 어제 저녁 부모를 면담한 전공의가 실수로 부모의 동의를 누락해서 다시 오셔야 한다고 했다. 눈물이 나왔다. 전공의에 대한 원망과 부모에 대한 미안함에 눈물이 나왔다. "노인네들이 시골에서 빗속을 뚫고 4시간을 발 동동거리며 운전해서 왔는데 어떻게 동의를 누락할 수 있어요. 어떻게 다시 오시라고 해요. 저는 못 해요. 죄송해서 다시 연락 못 드려요"라고 하자 전공의가 미안한 표정으로 입을 꾸욱 닫았다.

연인이 전공의와 한참을 이야기하더니 전공의가 들어와 병원 측의 실수가 있었으니 원칙은 친부모의 동의를 받는 것이지만 형제의 동의라도 받으면 입원 수속을 밟을 수 있도록 해 준다고 했다. 서울에서 일하는 남동생에게 급하게 연락해 남동생의 동의를 받자 그제야 입원 허락이 떨어졌다.

다음 날 정신병동으로 올라가 병실을 배정받기 전에 핸드폰과 지갑 등 가지고 있던 물품은 모두 보호자 편에 돌려보냈다. 병원복으로 갈아입고 배정받은 병실로 들어가니 정신병원에 입원한 것이 실감났다.

정신 병원의 하루는 매우 지루했다. 급하게 입원한 터라 시간을 때울 읽을 만한 책도 가져오지 못해서 그저 침대에 누워 계속 잠만 잤다. 잠을 자다 식사 시간이 되면 밥을 먹고 또 잠을 잤다. 그렇게 먹고 잠들기를 반복하다가 간혹 깨어 있는 시간엔 꼬리에 꼬리를 무는 생각으로 왜 그때 죽지 않았나, 왜 그 연기를 참지 못했나 계속 자책하다가 이번의 시행착오를 발판 삼아 다음엔 실패하지 않겠다고 다짐했다.

오늘은 연인이 보내준 책이 도착했다. 그렇다고 잠이 줄지는 않았다. 자다가 책을 보다가 또 잠을 잤다. 정신 병원의 일상은 내가 기대했던, 또는 보통 미디어에서 보던 것과는 달랐다. 뭔가 심리 상담도 세부적으로 진행될 줄 알았고, 프로그램도 체계적으로 짜여 있을 거라고 생각했는데 실제 병동 생활은 내 예상을 벗어났다. 치료는 식후에 먹는 약이 전부였고, 입원하고 퇴원하는 날까지 담당 교수님은 보지도 못했다. 그나마 있는 프로그램은 요가, 차 마시는 시간같이 치료와는 상관없는 듯한 프로그램들로 구성되어 있었다. 환자들은 목적 없이 하루 종일 병동을 배회했다.

침대에 누워 병동 천장을 보면서 생각했다. 어째서 부모와의 절연보다 자살이 먼저였을까. 여러 번 절연을 해도 제자리로 돌아간 경험 때문이었을까. 이제 더 이상 내가 할 수 있는 게 없었다. 결국 나는 부모와의 연을 끊지 못해 내 목숨을 끊으려 했다. 어릴 적 점집에 갔다 오라는 엄마의 말에 아빠를 따라 점집을 들른 적이 있었다. 어린 나이에 들었음에도 아직 기억하고 있는 말이 있는데, 점쟁이가 아빠에게는 평생 마누라 치마폭 놓치지 말고 꽉 잡고 있으라고 했고, 나에게는 나와 엄마는 서로 잡아먹을 사주라고 했다. 지금 와서 생각해 보면 참 용한 점쟁이였던 거 같다.

며칠이 지났을까 늘 습관처럼 보던 핸드폰을 못 보니 답답했다. 왠지 자살 충동도 들지 않았다. 부모와의 천륜도 끊었겠다 내가 여기에 더 이상 입원해 있어야 할 이유가 없었다. 차라리 원래 다니던 작은 정신과에서 진료를 받고, 심리 상담 치료를 받는 게 더 도움이 될 것 같았다. 병동 간호사 선생님께 퇴원 문제로 의사 선생님과 뵙고 싶다고 면담을 신청했다. 남동생이 동의를 해서 강제입원인 줄 알았더니 친부모의 동의가 없었기 때문에 자의입원으로 처리된 것을 알았다. 바로 퇴원 승낙이 떨어지고 당일 오후 5시에 바로 퇴원하기로 했다. 지루했던 정신 병원에서의 3일이 끝이 났다.

나의 연인

내 연인은 참 열심히 산다. 연이은 자살 시도에 연인은 불안했는지 날 혼자 두지 않기로 했나 보다. 오늘은 본인의 직장에 날 데려왔다. 물론 난 '기관의 후원자'이자 '오래전 봉사 활동을 했던 봉사자' 정도로 해 뒀다. 연인은 발달 장애인 관련 기관에서 사회복지사를 하고 있다. 앞서 말했듯이 오래전에 봉사 활동으로 몇몇 익숙한 이용자들도 있었는데, 그중엔 퇴행이 일어난 사람도 있었지만 하나같이 조금씩은 발전한 듯했다.

한 줄 서기도 어려웠던 그들이 지금은 농구를 하면서 드리블을 하고 라바콘을 지그재그로 지나가고 슛도 한다. 공으로 하는 운동엔 젬병인 나보다 더 잘하는 것 같다. 드리블을 하고 5개 정도의 라바콘을 한 바퀴 돌고 나면 연인은 크게 과장된 칭찬을 하는데 그들이 칭찬받았다는 뿌듯함과 성취감을 느끼는 게 보였다. 세상에 버림받은 듯한, 세상을 버린 듯한 그들도 느리지만 조금씩 발전했다. 세상 모두가 발전하는데 나만이 과거에 묶여 앞으로 나아가지 못하는 느낌이 들었다.

오전 8시부터 오후 1시까지 겨우 5시간 정도 보고만 있었는데도 이렇게 지치는데, 연인은 어떻게 10년이 넘게 이 일을 하고 있을까. 내 연인은 너무나도 정석에 가까운 사람이라 호기심을 유발하진 않지만, 나에겐 신경 안정제같이 안정감을 주는 사람이다. 연인의 부드러운 피부 느낌, 연인에게서 나는 따뜻한 땀 냄새, 정수리로 떨어지는 눅눅한 입김, 이마에 닿는 살짝 거친 입술, 나를 꽉 안아 주는 마르고 넓은 어깨. 이 모든 걸 너무나 사랑한다.

물론 나를 짜증나게 하는 것도 있다. 강박에 가까운 연인의 행동들인데 작은 것 하나까지 예외 없이 분리수거를 한다든가 퇴근 후 아무리 피곤하더라도 집 정리를 한다든가 등이다. 사실 짜증나는 면보다는 모든 게 사랑스러운 사람이라는 걸 글을 써 내려가면서 새삼 깨달았다. 연인은 내가 부모 때문에, 다른 사건들 때문에 흔들리고 무너지고 좌절할 때 옆에서 한결같이 나를 꽉 잡아 주었다. 13년을 진득이도 그래왔다. 연인이 아니었으면 아마 난 30살 즈음에 삶을 마치지 않았을까?

오후에는 연인의 회사에서 멀지 않은 작은 카페에서 따뜻한 아메리카노와 치즈 케이크를 먹었다. 지난주 금요일 자살을 시도했던 나는 멀쩡히 살아남아 산이 보이는 분위기 좋은 4층 카페에서 책을 읽고 있다. 삶이 원래 이렇게 모순적인가? 아니면 내가 모순적인 삶을 살고 있는 것인가?

커피를 마시기 위해 잔을 들 때마다 손이 미세하게 떨렸다. 번개탄 연기가 가득 찬 차 문을 열고 나왔을 때도 손과 몸이 미세하게 떨렸다. 죽는 게 두려운 게 아니다. 죽는 게 두려웠다면 나는 그 새하얀 연기를 한 모금 들이켜자마자 바로 고개를 가로저으며 나왔어야 했다. 하지만 그 고통이 나를 참지 못하게 했다. 고통을 피해 조금씩 조금씩 연기에 적응하여 숨을 들이켜고 싶었다. 아이스 아메리카노로 목을 진정시키며 나는 한동안 그 차 안에 있었다. 큰 기침으로 고통스러워 하얀 연기를 뚫고 차 문을 열고 나오며 나는 치욕스러웠다. 그 고통조차 참지 못하다니. 그 고통을 조금만 참았다면 정신을 잃었을 테고 그렇다면 계획대로 성공할 수 있었을 텐데…….

내 연인에겐 얼마나 큰 상처가 되었을까. 정신 병원에서조차 잘 먹고 잘 자고 하는 동안 나는 살이 하나도 빠지지 않았지만, 연인은 며칠 사이에 2kg 가까이 빠져 안 그래도 마른 어깨가 더욱 말라 있었다. 연인을 계속 만나면 살고 싶은 마음이 들까. 연인과 함께 있으면 이 행동을 후회하고 밝은 미래를 그릴 수 있을까. 하지만 연인이 알면 실망스럽게도 내 계획은 조금 더 철저해지고 체계적으로 되었을 뿐이었다.

어젯밤 "언니, 난 언니 생활 반경에서 죽진 않을 거야. 죽더라도 언니 생활 반경 밖에서 죽을 거야"라고 하자 연인은 내가 또다시 죽음을 언급했다는 사실에 슬퍼했다.

공황 장애

나는 2014년 1월부터 공무원으로 근무하고 있다. 그리고 2019년 7월, 공무원이 된 지 6년째 되던 해에 공황 장애는 불쑥 나에게 찾아왔다. 꽤 오랫동안 이미 우울증을 앓고 있다고 짐작은 했었지만 이 일을 계기로 나는 정신과에 다니기 시작했다.

당시에 복지 부서에서 근무하고 있었는데 금요일 퇴근 후부터 토요일까지 간부급 직장 상사의 정년퇴직을 축하하기 위한 야유회가 있었다. 그리고 그 1박 2일 체력단련대회(단합대회)에서 술을 진탕 마신 6급 승진을 바라보는 7급 주사보가 나에게 폭언을 했다. 2년이나 지난 지금 상세히 기억하고 있진 않지만 대충 건방지다, 나는 네가 일 잘한다고 생각하지 않는다, 넌 우리 팀에 필요 없다, 다른 팀에서도 필요 없다고 한다, 다른 부서로 갈 때 내가 이런 얘길 했다고 하지 말아라, 왜 선배를 존경하지 않느냐 등이었다. 내가 말할 틈도 없이 쏘아붙이는 선배의 말에 처음엔 당황해서 자리를 피하려고 했지만 아무리 생각해도 정도가 심했다.

그날 새벽, 나는 그 선배와 큰소리로 설전을 벌이다가 울면서 연인에게 전화를 걸어 아무에게도 알리지 않고 그대로 집으로 가버렸다. 하필 섬으로 간 거라 운전을 싫어하는 연인은 새벽 운전에, 초행길에, 나 때문에 벌벌 떨며 그 새벽에 날 데리러 왔다. 그리고 난 그다음 주 월요일부터 수요일까지 병가를 내고 출근하지 않았다(이럴 때 연가를 내는 게 통상적이지만). 그리고 목요일에 출근하자마자 팀장님은 자초지종을 따졌고 나는 내가 가해자가 되어 있음을 알았다. 선배가 술 마시고 후배한테 한소리했는데 연락도 안 하고 사라져 건방지게 3일이나 병가를 내고 돌아온 버릇없는 후배가 되어 있었던 것이다.

마침 그 선배는 승진을 앞두고 있던 터라 부하 직원을 승진시켜야 하는 팀 과장으로서는 달갑지 않은 가십거리였을 것이다. 더군다나 내가 말도 없이 3일이나 자리를 비운 덕분에 여론은 충분히 그 선배 쪽으로 돌아선 듯했다. 정말 억울한 건 체력단련대회날 선배와의 일을 팀장님께 대성통곡하며 다 설명했었지만, 팀장님은 그 사정을 알면서도 나에게 왜 무턱대고 3일이나 나오지 않았냐고, 반항하냐고 나무랐다는 것이다. 팀장님과 삼자대면하에 그 선배에게 "유라 주임이 기분이 나빴다면 사과할 마음이 있다"라는 사과 같지 않은 사과를 받긴 했다. 하지만 그 선배는 거기에서 멈추지 않고 "조직 내에 자기가 마치 가해자인 것처럼 말이 돌고 있다"며 억울함을 토로했고, 팀장님은 "아니, 잘 알지도 못하면서 왜 그런 소리를 하고 그런대"라고 그 선배를 감싸줬다. 너무나 억울하고 하고 싶은 말도 많았지만 그 상황에서 내가 할 수 있는 건 그저 참는 것뿐이었다. 그렇게 그 선배와의 일은 일단락되었고, 되도록이면 마주치고 싶지 않았지만 연말까지는 같은 팀에서 근무할 수밖에 없었다.

그 일이 있고 두 달이 지난 어느 날 오후였다. 모든 일은 순조롭게 처리되고 있었고, 바쁜 일도 없었고, 큰 행사도 없었다. 공황 장애는 갑자기 찾아왔다. 모니터 주변부터 시야가 어두워지더니 심장이 두근거리고 숨쉬기가 어려워졌다. 모두 나를 욕하고 따돌리는 것 같다는 생각과 나를 공격할 것 같다는 두려움이 엄습했다. 그리고 눈물이 왈칵 쏟아지면서 도저히 자리에 가만히 앉아 있을 수가 없었다.

잠시 잠깐도 앉아 있기 힘들어서 뛰쳐나오듯 사무실을 나와 옥상으로 올라갔다. 그리고 주머니 속에 있던 노란 접착 메모지를 꺼내서 내가 느끼는 모든 증상을 적었다. 시간이 흐르고 조금 진정이 되자 다시 또 아까와 같은 증상이 찾아오기 전에 회사 근처 통근하면서 다니기 쉬운 정신과 의원 몇 개를 검색하여 가장 가까운 곳을 찾아냈다. 퇴근 전까지 30여 분. 옥상에서 시간을 보내고 바로 병원으로 향했다. 돈이 없어 미루고, 시간이 없어 미루고, 부담이 돼서 미루던 정신과를 이제서야 가게 되었다.

그렇게 찾아간 작은 정신과 의원은 홈페이지에 나와 있는 대로 야간 진료가 있는 날이라 퇴근 후에도 진료를 볼 수 있었다. 주황색 타일로 마감된 낡은 건물 2층엔 정신과가 3층엔 심리 상담소가 있었다. 한참을 기다려 만난 중년의 푸근한 인상을 가진 정신과 의사 선생님께 조금 전 사무실에서 겪었던 증상을 얘기했고 공황 장애 진단을 받았다. 그리고 500여 문항의 객관식 심리 테스트와 1장의 주관식 심리 테스트를 추가로 받은 뒤에 일주일 후 다시 보기로 하고, 그날은 공황 장애 약을 처방받았다.

일주일 뒤, 자상하고 나긋한 말투의 의사 선생님은 나에게 '오래된 우울증과 공황 장애' 진단을 했다. 오래된 우울이라니. 얼마나 오래된 우울일까? 초등학교 4학년 때 이유 없이 서럽게 울었던 그때부터 우울증이었을까? 아니면 중학교 2학년 때 엄마도 동생도 버리고 집을 탈출하고 싶다는 생각이 든 그때부터였을까? 오래전부터 나 스스로도 우울증일 거라고 예상하고 있었고, 의사 선생님도 공황 장애보다는 우울함이 더 문제라고 했기에 치료를 시작하기로 했다.

다행스럽게도 내 담당 의사 선생님은 다른 의사들과 달리 진료 시간이 긴 편에 속했다. 그 병원에는 3개의 진료실이 있었는데 다른 두 개의 진료실에서 2~3명의 환자가 들어왔다 나가는 동안 내 담당 의사 진료실에는 1명만이 들어갔다. 1인당 평균 10~20분 정도의 진료를 보았다. 대기 시간이 길었지만 의사 선생님은 이야기를 잘 들어주셨다.

한동안은 갈 때마다 말하면서 울었다. 한 달 넘게 눈이 퉁퉁 부어 나오기를 반복하다가 두 달이 지났을 무렵 의사 선생님이 심리 상담을 권했다. 병원과 겸해 있었기 때문에 3층에 가서 예약하면 된다고 했다. 애초에 심리 상담은 비싼 편이어서 예전에는 받을 생각조차 하지 못했었는데 공무원이 되고 나니 한 시간에 7만 원이라는 금액을 감당할 수 있지 않을까 싶었다. 일주일에 한 번씩 한 달이면 28만 원. 소비를 좀 줄이면 될 금액이었다.

야간 진료에 맞춰 저녁 시간에 심리 상담을 예약하고 일주일에 한 번씩 꾸준히 받기 시작했다. 심리 상담을 받는 동안 감정이 격해지면 부모에게 이 비용을 다 청구해 버릴까도 생각했었다. 하지만 부모는 또 무슨 죄인가. 그저 열심히 살았을 뿐인데…….

부모에게 양가감정이 심한 편인 나는 1년 반이 지나도록 심리 상담에서 "이제 안 나오셔도 돼요"라는 말을 듣지 못했다. 언제쯤 종결 통보를 받을 수 있을까? 치료를 마치면 나는 남들처럼 밝은 삶을 살 수 있을까? 진짜 초등학교 4학년 때부터였다면 28년을 앓아온 우울인데 1년 반 가지고는 턱도 없지 싶다.

찢긴 일기장

정신 병원에서 퇴원할 때 처방받은 신경 안정제를 먹으면 뇌 표면에 시멘트를 발라 굳힌 것 같은 느낌이 들면서 온몸에 힘이 빠져 나른해졌다. 평소 불면증으로 고생을 했기에 저녁 9시쯤 약을 먹고 오늘 역시 약 기운으로 잠이 들 수 있겠구나 했지만 예상은 빗나갔다. 잠이 들려던 그 순간 하지불안장애가 찾아온 것이다. 20대 후반쯤 하지불안장애가 찾아와 잠을 못 잘 정도로 힘들었는데, 그때는 그게 하지불안장애인지 몰랐다. 그냥 허공에 자전거 타기를 한다든가 다리를 쭈욱 늘리는 스트레칭을 한다든가 임시방편을 썼지만 효과는 없었고 어느 순간 없어졌다. 그런데 바로 오늘 손끝부터 발끝까지 전신이라고 해도 무리가 아닐 만큼 불안장애가 다시 나타났다.

내 옆에 연인이 자꾸 뒤척이는 나 때문에 잠을 설치는 것 같아 거실로 나와 잠을 청했지만 이상할 정도로 잠이 오지 않았다. 대신 뇌를 덮었던 시멘트 칠은 벗겨졌는지 머리가 돌아가기에 새로운 계획을 세웠다.

일요일에 부모의 집을 급습하여 일기장을 가져오기로 했다.

초등학교 6학년쯤부터 나는 일기에 꽤 진심인 편이었는데 아마 당시 담임 선생님이 일기장에 적어 주신 코멘트들 때문이었던 것 같다. 난 담임 선생님께 내심 의지하면서 부부싸움이 있던 날이면 미칠 것 같다고 일기장에 썼다. 그때 담임 선생님이 빨간 펜으로 "신경 쓰지 말고 공부나 해"라고 적어 주셨던 기억이 난다. 내 첫 상담 치료가 아니었을까? 그때부터 고등학교 1학년 때까지 고민거리나 뭔가 느낀 것이 있거나 이벤트가 있을 때마다 일기를 썼다.

왜 고등학교 1학년 때까지냐면 어느 날 일기장을 책상 위에 덮어놓고 갔는데 그게 펼쳐져 있었다. 누가 훔쳐본 것이다. 엄마에게 내 일기장을 훔쳐봤냐며 따져 물었는데 자신은 아니라며 "아마 남동생이 그랬겠지"라고 했다. 그 말이 끝나기 무섭게 남동생 앞에서 일기장을 쫙쫙 찢어 버리고 다신 일기를 쓰지 않았다. 후일에 정말 정말 나중에 그 일기장은 엄마가 자신이 봤다고 털어놓고서야 진범을 알 수 있었다.

흔히 자식을 키우는 부모라면 응당 겪는 작은 해프닝 정도로 끝났을 일이 그렇지 못했던 이유는 사실 내 일기장의 내용이 평범하지 않았기 때문이다. 내 일기장은 대체로 부모에 대한 원망과 욕, 집에서 하루빨리 독립하고자 하는 욕구, 성 정체성 혼란 등을 의식의 흐름대로 적는 감정의 배출구이자 유일한 탈출구였기 때문에 내 분노는 더욱 컸다.

나에게 상처로 남아 있던 이 일기장을 다시 꺼내서 보고 싶었던 건 심리 상담을 받고 나서부터였다. 일기장을 보면 어린 시절 나에게 어떤 일이 있었는지 좀 더 명확히 알 수 있을 것 같았고, 그 사실을 직시하게 되면 내 우울의 시작을 찾을 수 있을 거란 생각이 들었다. 하지만 일기장을 처음으로 보고 싶다는 생각이 든 그때는 부모와 연락하지 않아 부모의 집 현관문 비밀번호도 몰랐을뿐더러 내가 가는 시간에 마주치고 싶지 않은 부모가 집에 있는지 없는지도 몰랐기 때문에 시도조차 할 수가 없었다. 그런데 이번엔 조력자 남동생이 있었다. 나이스 타이밍.

새벽 내내 일기장을 가져올 생각에 잠이 오지 않아 앉았다 누웠다를 반복하다 결국 새벽 3시에 겨우 잠이 들었다. 일기장을 가져올 수도 있다는 기대 때문이었을까. 밤새 꿈같은 영상들이 드라마처럼 영화처럼 이어졌다. 눈을 뜨니 오전 9시 50분. 새벽 3시에 잔 것치고는 그렇게 많이 자지 않았다. 12시까지 연인의 직장에 가기로 했는데 아직 여유가 있었다. 연인에게 가기 전에 남동생에게 연락해서 이번 주 일요일 부모의 위치와 스케줄을 알아봐 달라고 하니, 이번 주에 부모는 다른 곳에 있을 예정이라 비밀번호를 알아봐 준다고 했다. 한층 더 기대감에 부풀었다. 이제 곧 나의 일기장을, 나의 오랜 우울의 시작을 찾을 수 있을 것 같았다.

약속 시간에 맞춰 연인의 직장에 도착했다. 연인의 눈에서 안도의 눈빛을 알아챘다. 연인의 직장에서 점심을 먹고 지난번 갔었던 분위기 좋은 카페에 다시 방문했다. 커피 맛은 잘 모르지만 내 입에 맞고, 창문을 통해 앞산의 봄이 보이고, 분위기도 한적하니 괜찮은 카페였다. 다만 지난번과 다르게 음악 소리가 커서 무선 이어폰을 껴 보지만 큰 효과는 없었다. 조금 더 앉아 있는 것을 포기하고 연인이 직장 동료들과 나눠 마실 수 있는 음료를 사서 나가기로 했다.

카페를 나와 연인에게 돌아가려고 하는데 같은 건물 1층에 개인 목공소가 있는 것을 발견했다. 평소 목공에 관심이 있던 나는 망설임 없이 들어가서 목공 기술을 배울 수 있는지 물어보고 명함을 받아 왔다. 연인의 직장으로 돌아가는 발걸음이 가벼워지고 빨라졌다. 지난주 금요일에 자살을 시도했던 사람인가 나는?

연인을 만나서 가져올 것이 있어 이번 주 일요일에 대전에 내려가야 한다고 말했다. 그리고 연인은 기꺼이 동행을 자처했다.

첫 기억

아빠에 대한 첫 기억은 내가 5살 즈음 충남 어느 시골에서 살 때다. 해가 지고 어둠이 깔린 늦은 시간에 아빠는 목이 늘어난 하얀 민소매 속옷을 입고 씨익씨익거리며 도로 경계선에 부엌칼을 들고 앉아 있었다. 피가 묻어 있었는지는 정확히 기억나지 않지만, 난 아빠가 다칠까 봐 그리고 그 알 수 없는 상황이 무서워서 울고 있었다. 5살 된 어린아이가 감당하기에 충분히 무서웠고 위협적이었다.

그리고 아빠에 대한 무서움이 원망스러움으로 바뀌는 데는 그리 오랜 시간이 걸리지 않았다. 이전에도 수도 없이 싸웠겠지만 그들의 부부 싸움에 대한 내 첫 기억은 서산에서 사글세로 얻은 단칸방에서 할머니의 음력 생일과 내 남동생의 첫돌이 겹쳐서 할머니 집에 가네 안 가네 하는 것으로 싸웠던 기억이다. 살벌한 싸움이었다. 아빠의 큰 고함이 단칸방을 넘어갔다. 아빠인지 엄마인지 누가 원망스러웠는지는 정확히 기억이 안 난다. 그저 그 상황이 빨리 끝나길 방구석에서 숨죽여 울 뿐이었다.

언제부턴가 아빠가 집에 들어올 시간이 되면 나와 내 동생은 긴장을 했다. 초등학교 4학년 때였다. 학교를 마치고 집에 오는 길에 가슴이 답답해지더니 눈물이 막 나오려고 했다. 집에 도착하자마자 엄마의 무르팍에 머리를 처박고 한참을 엉엉 울었던 기억이 있다. 그 어린아이가 왜 그렇게 서럽게 울었을까? 오늘은 또 어떤 일로 큰소리가 날지 아빠가 또 엄마를 때릴지 싸움은 예측할 수 없었고, 동생과 나는 할 수 있는 게 없었다. 그저 아빠가 엄마를 때릴 때 울면서 엄마 때리지 말라고 아빠한테 매달리는 일밖에.

수없이 덮어진 폭력으로 점철된 기억들 속에서 하필이면 생각나는 첫 기억조차도 폭력의 기억이라니. 아이들의 기억은 가족들과 즐거웠던 추억, 행복했던 추억으로 이루어져야 하는 것 아닌가? 많은 아이들이 행복한 기억을 쌓아 가는 동안 나는 공터에 세워진 모델하우스 뒷벽에 아빠가 죽어버렸으면 좋겠다는 낙서를 하고 있었다. 진심으로 기도했다. 그가 죽어버리길…….

엄마도 처음부터 아빠의 폭력에 휘둘리는 힘없는 사람이 아니었다. 외삼촌의 말씀에 의하면 처녀 적 엄마는 매우 멋진 도시 여성이었다고 한다. 엄마의 처녀 적 흑백 사진은 한 번 본 기억이 있는데 멋진 트렌치코트와 스카프를 하고 펌프스를 신은 세련된 모습이었다. 하지만 선으로 만나 보름 만에 아빠와 결혼한 뒤로 엄마의 육체와 정신은 점차 망가져 갔다.

엄마는 언제나 나에게 "너희 아빠만 아니었으면 엄마는 뭐라도 했을 거야"라든가 "니들만 아니었음 애초에 니들 아빠랑 이혼해서 자유롭게 살았을 거야"라고 했다. 내가 좀 나이가 들어서는 부모의 이혼을 종용했다. 그때마다 엄마는 부모 이혼이 자식 결혼에 흠집이 된다며 우리가 결혼하면 아빠와 이혼하고 떠날 거라고 했다. 하지만 나는 동성애자고 남동생은 이제 결혼을 준비 중이라 그런지 아직 이혼도 못하고 아빠와 노후를 같이 하고 있다.

엄마의 불행

엄마는 일남 육녀로 아들을 보기 위해 위로 6명이나 줄줄이 낳은 딸 중 4번째 딸이었다. 이모들끼리 만나면 엄마가 어릴 때부터 똑똑했다고 칭찬을 많이 했는데 내가 봐도 확실히 엄마는 똑똑하다. 사업 수완도 좋고 뭔가 금전적인 것에는 머리가 휙휙 돌아간달까? 결혼을 안 했다면 혹은 좋은 남편을 만났다면 어느 기업 CEO 정도는 하고도 남을 사람이라고 생각한다. 실제로 엄마는 금전에 지독하게 집착해서 돈 한 푼 없이 단칸방에서 시작해 아파트로 이사하고, 내가 고등학교 1학년 때는 지하 1층 지상 3층짜리 상가 건물을 사서 대전으로 이사하는 능력을 발휘한 대단한 사람이다.

그런데 엄마는 불행했다. 남편은 변변치 않았고 자식들 또한 욕심에 차지 않았다. 그것이 엄마의 불행 시작이었다.

아빠는 170cm도 되지 않는 작은 체구에 머리가 반 정도 벗겨진 볼품없는 외모를 가지고 있다. 그리고 알코올 중독자에다가 욱하는 성질의 소유자다. 아빠의 단단한 주먹과 뭉툭한 손바닥에 맞으면 가히 위협적이었는데 골이 울릴 정도였다. 주로 뺨을 맞았으니 골이 울릴 정도라고밖에 표현을 못 하겠다.

엄마는 늦은 나이에 아빠를 만나 1년 뒤에 첫 자식을 보았다. 그게 나다. 늦은 나이라고 해 봤자 날 낳은 게 만 27세였으니까 지금의 나보다 10살이 어린 그때의 어른이었다. 나는 순한 편이었다고 했다. 엄마는 첫아이다 보니 아무것도 몰라서 젖이 나오지 않는 것도, 아이가 칭얼거리는 것도 모르고 잠을 자니 그냥 자는가 보다 했다고 한다. 얼마 후 엄마는 나를 데리고 아빠의 폭력을 피해 충남 대산으로 도망쳤지만 시모가 어떻게 알고 찾아와서 설득을 당해 서산으로 돌아갔다고 한다. 그리고 둘째가 생겼다. 남동생은 나와 다르게 우렁차게 배고프다고, 자고 싶다고 쉬지 않고 울었고 엄마는 그때 젖이 나오지 않는다는 것을 알았다고 했다. 한 번은 시댁에 갔을 때 야밤에 애가 울자 시가 식구들은 애를 데리고 당장 집으로 돌아가라고 한 적도 있다고 한다.

엄마는 상처를 많이 받았다.

친절하지 못한 세상에서 친절하지 못한 시가 식구들을 만났고, 폭력적이고 위선적인 남편을 만났다. 아이도 둘이나 낳았다. 나무꾼에게 선녀복을 빼앗겨 애를 셋이나 낳고 하늘로 돌아가지 못한 선녀도 결국 선녀복을 찾아 하늘로 돌아갔는데, 아빠에게 청춘을 뺏긴 엄마는 선녀복이 없어 도망치지 못했다. 애 둘이 남았다. 먹여 살릴 입 두 개, 아니 세 개.

엄마는 아빠와 결혼을 하고 안 해 본 일이 없었다. 단칸방에서 돈을 모아 아파트로 이사하고 나서는 별별 일을 다 했는데 전자기기의 부품을 만드는 부업도 하고, 양계장에서 계란을 받아 시장의 작은 평상에서 계란 장사도 했다. 이때쯤 나와 동생이 학교에 다니기 시작했는데 나는 수업이 끝나면 병설 유치원을 다니는 동생 손을 꼭 잡고 엄마한테 가서 설렁탕 한 그릇을 같이 나눠 먹고 들어가곤 했다. 엄마는 계란 장사를 접은 후에는 시장 길목에서 분식집을 시작했다. 고구마 튀김, 야채 튀김 등 튀김류와 떡볶이를 같이 팔았다. 엄마는 음식 솜씨가 좋았기 때문에 금방 단골이 생겼고 줄 서서 사 가는 사람도 생겼다. 그때 엄마는 너무 추운 데서 종일 서서 일한 탓에 발가락 동상을 얻었다. 그리고 아직도 겨울만 되면 동상 걸렸던 발가락을 간지러워한다.

그걸 왜 그만뒀는지 기억은 안 나지만 한동안 엄마가 집에 있었다. 그때는 아빠가 일을 다녔는데, 아빠의 직업은 큰 트레일러트럭 운전사였다. 대형 면허뿐만 아니라 특수 면허도 있었다. 아빠가 트레일러트럭을 몰고 집에 오는 날이면 우린 신이 났다. 아파트 2층 높이만 한 트럭에 앉으면 내가 키가 엄청나게 커진 것 같았다. 운전석 뒤에는 침대처럼 잘 수 있는 곳도 있었다. 한번은 온 가족이 부산에 가는 아빠의 트럭을 타고 같이 여행을 가서 허름한 여관에서 하룻밤 자고 돌아온 적도 있었다. 다 같이 모여서 멀더와 스컬리가 나오는 미드 X-파일을 보며 잠들었는데, 그때 참 행복했었다.

"또 타이어를 갈아? 갈았는지 얼마나 됐다고 또 타이어를 갈아!"
"장거리 한 번 뛰면 타이어가 다 갈린다니까."
"이번엔 또 얼만데!"
"70만 원."

둘의 언성이 높아졌다. 아빠는 트레일러트럭 사업을 하다가 망했다. 뭘 어떻게 했는지 모르겠지만 기억나는 말은 "길거리에 나앉게 생겼다"였다. 그 상황에서 엄마의 능력이 또 한 번 발휘됐다. 당시에 아빠가 하던 사업의 도산으로 우리 집은 빨간 딱지가 붙기 직전이었는데, 엄마는 어디선가 돈을 급하게 융통하여 아파트 근처 황량한 벌판에 있는 샌드위치 패널로 지어 놓은 상가용 단층 건물에 식당을 개업했다. 장사는 진짜 잘됐다. 앞서 말했듯이 엄마는 음식 솜씨가 좋았고, 당시 서산엔 비슷한 업종의 가게도 없었기 때문에 정말 장사가 잘되었다. 당시 그 지역에서 우리 가게 이름을 말하면 모르는 사람이 없을 정도였다. 엄마 혼자로는 일손이 부족해 알바생도 1명 있었고, 주방 이모도 2~3명 있었고, 나도 평일 저녁과 주말엔 홀 서빙을 하곤 했었다. 그리고 장사가 잘되기도 했지만, 그 당시엔 카드가 흔하지 않았기 때문에 현금을 내 손으로 한가득씩 잡아볼 수도 있었다. 나는 돈 세어보는 것을 좋아했는데 엄마에게 돈도 잘 센다고 칭찬받는 것이 참 좋았다.

아빠는 엄마가 돈을 벌기 시작하자 더 이상 경제 활동을 하지 않았다. 그냥 옆에 있는 카센터에서 화투를 치거나 술을 마시거나 다방에서 커피를 주문해 마시면서 하루를 보냈다. 그때부터 엄마에 대한 폭력이 심해졌다. 안 그래도 술만 마시면 폭력을 행했었는데 더 심해졌으니 엄마는 진짜 매일같이 아빠의 폭력에 속수무책으로 당했다. 한번은 아빠의 폭력을 막아내다가 엄마가 아빠를 할퀸 적이 있었는데 자신의 몸에 상처를 냈다고 지랄발광을 하며 더욱 심한 폭력을 휘둘렀던 게 기억난다.

엄마의 불행은 폭력적이고 변변치 않은 아빠를 만나 시작되었고, 나와 남동생을 엄마의 뜻대로 키워 남편의 부재를 채워보려 했지만 그마저도 마음대로 되지 않았다. 결국 엄마는 한번 시작된 불행의 굴레에서 아직 빠져나오지 못하고 있다.

반짝 빛나는 금색 구슬

나는 중학교 때부터 성적이 떨어지기 시작했다. 보통 학업에 관심이 있는 아이와 학업에 관심이 없는 아이로 나뉘는데, 나는 그중에 학업에 관심은 없지만 열심히 해야 하는 아이였다. 열심히 하는 척이 통해서였을까. 그래도 어떻게 용케 '우' 정도를 유지했다. 그러다가 어떤 일을 계기로 나는 아예 공부에서 손을 떼기로 했다.

엄마의 경제력이 점점 좋아질수록 그것과 비례하여 아빠의 폭력성은 점점 잔혹해졌다. 거의 매일 부부 싸움이 이어졌고, 부부 싸움엔 늘 폭력이 난무했다. 이미 싸움과 폭력에 진절머리가 난 나는 중학교 2학년 때쯤부터 엄마도 동생도 버리고 집을 탈출하고 싶었다. 하지만 당시 나는 아직 학생이었기 때문에 가출은 위험하다고 판단했다. 부모가 납득할 만한 방법으로 탈출해야만 했다. 바로 집에서 멀리 떨어진 고등학교를 다니는 것이었다. 당시 그 지역에서 공부 좀 한다는 애들이 가는 고등학교가 있었는데 나는 그곳에 가야만 했다. 고입을 앞둔 바로 그 시점부터 공부하기 시작했다. 내 점수는 커트라인에 간당간당하게 걸려있었는데, 이 커트라인만 넘기자는 목표로 정말 열심히 공부했다.

그리고 엄마에게 나의 계획을 알렸다. 나의 계획을 말하자 엄마는 우리 집은 그럴 형편이 안 된다고 했다. 아빠가 몇 주 전 술집에서 여자를 때려 합의금으로 600만 원을 냈다고 했다. 머리를 한 대 얻어맞은 것 같았다. 나는 어릴 때부터 우리 집은 가난했었기 때문에 그 이유가 무엇인지도 모르고 원래 가난하다고 믿었다. 그 말을 곧이곧대로 믿고 있었다. 모든 원망은 아빠에게 돌아갔다. 그 남자 때문에 유일한 탈출구가, 희망이 없어졌다. 나는 그날 이후로 공부를 하지 않았다.

고등학교는 서산에 있는 집과 가까운 여고로 갔다. 중학교 입학할 땐 전교 3등으로 입학했었는데 고등학교 입학은 조용하게 이루어졌다. 고등학교에는 여러 동아리가 있었는데 그중에 내 눈길을 잡아끈 것은 바로 사물놀이 동아리였다. 지원자들이 여럿 있어 면접을 봤는데 "저는 음치라 악기로

밖에 소리를 내지 못합니다. 근데 두들겨 소리를 내는 사물놀이, 특히 꽹과리는 엄청나게 멋있다고 생각합니다"라고 답변했고, 다음 주 게시판에 붙은 합격자 명단에서 내 이름을 확인했을 때 진짜 펄쩍 뛰며 좋아했다.

고등학교에 다니는 낙이 생겼다. 사물을 연주하는 선배들은 엄청나게 멋있었다. 휘모리장단에 맞춰 이마에 동여맨 빨간 끈을 날리며 고개를 좌우로 연신 흔드는 모습이 특히 멋있었다. 절정에 다다를 때 북치배* 선배들은 북을 머리 위로 들고 남은 힘을 다 짜내어 연주했다. 상쇠* 선배의 손은 보이지도 않을 만큼 빨랐고, 장구 선배들의 화려한 기교는 말해서 무엇할까. 내 인생 처음으로 해방감을 느꼈다. 난 꽹과리(쇠)를 배우고 싶어 했는데 꽹과리는 아무나 잡게 해 주지 않았다. 원하는 치배를 말하자 선배들은 쇠를 쥐여 주며 갑자기 가락 하나를 치더니 나보고 따라치라고 했다. 얼떨결에 따라치자 환호성이 나왔다. "우와! 정말 처음 배운 거 맞

* 농악대에서 연주하는 사람을 말하며, 각 악기를 앞에 붙여서 북치배, 장구치배와 같이 말하기도 한다.

* 농악대의 연주자들 맨 앞에 서서 꽹과리를 치는 사람으로 전체 굿판을 이끌어 나가는 중요한 역할을 한다.

아? 가락을 한 번 듣고 따라쳤어? 천재야!" 내 인생 최고의 순간이었다.

그 뒤로 매일이 사물놀이였다. 중간중간 쉬는 시간에도 교과서를 쇠처럼 잡고 쇠채를 두드렸고 방과 후는 당연히 동아리방이었다. 사물놀이 동아리는 수상 경력도 많고, 학교에서도 꽤나 알아주는 동아리여서 당시 흔치 않았던 실내체육관도 전세 내듯이 사용할 수 있었고, 우리만 사용하는 동아리방도 있었다. 학교 체육복을 입고 자유로운 영혼처럼 하루 종일 쇠를 쳤다. 그리고 동아리에 들어간 지 얼마 지나지 않아서 우연한 기회로 선배들과 공연에 같이 올라가기도 했다. 쇠치배였던 나는 징을 쳤는데 징채를 돌려봤는가? 그 멋과 맛은 정말 형용할 수 없다. 징채를 돌리면 하늘로 올라갈 수 있을 거 같았다. 공연의 맛을 봤다. 짜릿했다. 내가 뭐라도 된 듯싶었다.

집안에서는 하루도 끊이지 않고 부부 싸움이 있었고, 그 사이에서 얻어맞으며 말리는 내가 있었고, 가난해서 원하는 고등학교에 가지 못했지만 작은 날개를 얻은 내가 있었다. 행복했던 순간이었다. 그 순간은 찬란한 색감으로 내 기억에 남아 있다. 운동장, 동아리방, 실내 체육관, 하얀색 상의에 진남색 하의 체육복, 함께했던 동기들과 선배들, 함께 마시던 공기, 웃고 있는 내 얼굴, 그저 신난 하루, 빨리 수업이 끝나길 바라며 발을 동동대던 내 모습.

눈물이 났다. 소중한 기억을 찾았다. 애니메이션 영화 〈인사이드 아웃〉처럼 하늘색 구슬들 사이에서 반짝 빛나는 금색 구슬이 튀어나왔다. 어디에 숨어 있다 이제 나왔니?

아무도 없는 곳

고등학교에 입학해서 사물놀이 동아리 활동을 하며 행복했던 순간은 6개월을 가지 못했다. 고등학교에 입학하고 6개월 뒤 엄마가 대전으로의 이사를 통보했기 때문이다. 불과 몇 개월 전에는 돈이 없어서 내가 그렇게 가고 싶었던 고등학교에 못 보내 준다더니 이제는 건물을 사서 대전으로 이사를 간다니. 당시 동아리 활동에 진심이었던 나는 서산에서 자취를 하겠다고 했지만 엄마는 절대 안 된다며 허락해 주지 않았다. 우울했다. 이사 날짜가 정해지고 나서 우울은 점점 더 심해졌다. 사물놀이 동아리 활동을 하면서 밝게 발발거리며 설치고 다녔던 나는 그새 꽤나 많은 친구들을 사귀었는데, 당일까지 전학 사실을 알리지 못했다. 그리고 당일, 친구들에게 눈물의 배웅을 받으며 행복한 기억들을 남기고 서산을 떠났다.

이사 가는 아빠의 승용차 뒷좌석에 앉아서 계속 울었다. 그렇게 한참을 울다 고개를 들었을 때 눈에 들어온 대전은 처음 보는 낯선 대도시였다. 서산에서는 볼 수도 없는 쭉쭉 뻗은 빌딩들이 줄지어 들어서 있었고, 그렇게 넓은 도로도 처음 봤다. 대전에 도착해서 내가 처음 느낀 감정은 두려움이었다. 아무도 없다. 이곳 대전에 아무도 없다는 사실이 너무 두려웠다.

엄마가 매입한 건물은 3층 건물이었는데 지하는 주점, 1층은 상가, 2층은 원룸과 투룸 그리고 3층은 우리가 살 곳이었다. 이사한 집은 전에 살던 집에 비하면 궁궐이었다. 내 방도 있고, 내 침대도 있고, 내 책상과 내 피아노도 있었다. 특히 내 방은 넓어서 창문이 두 개나 있었는데 하나는 책상 앞에, 또 다른 하나는 침대 머리맡 위에 있었다. 인테리어는 레몬 빛이 살짝 도는 따뜻한 색감의 도배와 장판 그리고 학생 가구들로 차 있었다. 이곳으로 이사하고 내 방 피아노 위에 전학 갈 때 친구가 선물해 준 방향제를 두었는데, 보라색 노끈 망에 들어 있는 신발 모양의 라벤더 향 방향제는 향이 한참 지속되었다. 싸구려 라벤더 향은 그때의 우울과 함께 뒤섞여 아직도 길에서 그 향을 맡으면 우울이 피어오른다.

대전으로 이사 오고 나서 엄마도 힘들었다. 어디 의지할 곳 없는 사람은 엄마도 마찬가지였다. 대전엔 엄마보다 아래 동생인 다섯째 이모와 막내가 이모가 살고 있었는데, 그들은 엄마가 볼 때 의지할 만한 사람들이 아니었나 보다. 다섯째 이모부는 엄마가 당한 폭력은 폭력 축에도 못 낄 정도로 이모를 엄청나게 때린 폭력적인 사람이었고, 다섯째 이모는 불쌍하고 모자란 동생이었다. 그리고 엄마는 막내 이모가 꼭 니들 아빠 같다고 말하곤 했는데, 쥐뿔도 없으면서 자식새끼라면 벌벌 떨고 남의 집 식당에서 카운터나 보는 주제에 10만 원이 넘는 청바지를 사 입고 유기농 채소나 사다 먹이는 돈 쓰는 거 좋아하는 철부지라고 말했다.

엄마는 이모들과 종종 만났다. 만나면 불행 배틀이 시작됐다.

"네가 한 고생은 고생도 아니다. 내가 여태 살아온 이야기를 책으로 내면 열 권은 나온다."

이 불행 배틀에는 그 어떤 위로도 없었다. 네가 한 고생은 내 고생에 비하면 턱도 없으니 가서 더 고생하고 오라는 말인가? 집단적 독백의 시작이었다. 그럴 때 아빠를 비롯한 이모부들은 모여서 술을 마시면서 화투를 치곤 했는데 분위기는 좋았던 거로 기억한다.

이모부들 중에서 나는 막내 이모부를 좋아했는데, 어린 내가 보아도 이모부들 중에서 제일 조용하고 착하다고 생각했던 것 같다. 아니면 엄마가 막내 이모부를 좋아했기 때문인지도 모른다. 조용하고 차분한 성격을 가진 막내 이모부는 타일공으로 일하셨는데, 솜씨가 섬세하고 꼼꼼해서 부르는 곳도 많았고 일당도 많이 받았다고 들었다. 평생을 아빠가 가져다주는 돈으로 살아 보는 게 꿈이었던 엄마한테는 막내 이모부가 막내 이모에게 아까운 사람이었을 거다.

기억의 파편 조각들 〈1〉

주공 아파트에서의 기억

단칸방에 살다가 이사한 주공 아파트는 큰방과 작은방, 두 방을 연결하는 주방, 큰 방에 딸려 있는 베란다, 욕조 없는 좁은 화장실, 다목적실, 세탁실이 있는 11평 정도의 작은 집이었다. 이사 당일 신나서 작은 짐들을 계단으로 옮겼던 기억이 있다.

작은방에는 나와 동생이 쓸 침대와 책상이 들어갔고, 안방에는 자개가 박혀있던 검은색 장롱, TV 받침대, 화장대 정도의 간소한 가구가 들어갔다. 그리고 내가 7살 때는 피아노가 들어왔다. 워낙 오래 살아서인지 집에 대한 기억은 여기저기 낙서가 되어 있는 벽지, 그것을 허술하게 가려 놓은 덧붙인 색 바랜 벽지, 어두운 형광등 불빛, 오크 색의 어두운 가구들, 피아노 그리고 셀 수도 없는 부부 싸움이다.

작은 말다툼이 아니라 고성과 폭력이 난무하는 싸움이었다. 아빠는 일방적으로 엄마를 때렸다. 폭력의 대상에는 나와 내 동생도 포함되어 있었다. 몇 살 때인지 정확히는 기억이 안 나지만 앉아서 발로 밀고 다니는 유아용 자동차가 있을 때였다. 엄마는 나와 내 동생을 껴안고 TV 쪽에 웅크려 앉아서 어떻게든 아빠의 폭력을 막으려고 했다. 아빠가 던졌던 물건에는 방금 말했던 발로 밀고 다니는 유아용 자동차도 있었는데 정말 손에 잡히는 대로 우리에게 각종 물건을 집어 던졌다.

초등학생 때의 기억

초등학교 3~4학년쯤 아빠가 엄마를 화장실로 끌고 가 목덜미를 잡고 움직이지 못하게 한 다음 서 있는 상태에서 머리 위에서부터 샤워기와 세숫대야로 물을 부었다. 엄마는 숨 막혀 하면서 살려달라고 소리쳤고, 우리는 그걸 보고 있었다. 난 엄마가 물고문을 당하고 있다고 생각했다. 두려웠다. 끔찍한 기억이다.

좀 더 성장해서부터는 부모가 싸우면 중간에 껴서 말렸다. 성인들의 폭력적인 싸움에 고작 초등학생인 내가, 키가 130cm도 안 되던 내가 중간에서 온몸으로 부부 싸움을 말리기 시작했다. 내가 이렇게 부부 싸움에 껴서 말리는 것은 집에서 독립하기 전까지 계속되었다.

어느 날 여느 때처럼 부부 싸움이 시작되었고 이미 그런 싸움에 이골이 났던 나는 작은방에서 책을 읽고 있었다. 동생은 겁에 질려 울기 시작했는데 나에게 "누난 엄마랑 아빠가 싸우는데 아무렇지 않아?"라고 원망하듯 말했다. 동생의 말에 나는 정말 지겹다는 듯이 책을 덮고 나가 싸움을 말렸다. 싸움을 말리는 과정에서 별수 없이 나도 얻어맞곤 했는데 다시 말하자면 난 겨우 초등학생이었다.

엄마의 폭력

어릴 때 부부 싸움과 별개로 엄마에게 맞을 때면 "잘못했어요."라고 울면서 두 손을 싹싹 빌었는데 엄마는 빌지 말라며 더 때렸다. 어떻게 해야 매를 덜 맞을 수 있는 건지 알 수가 없었다. 처음엔 발목을 잡혀 질질 끌려다니면서 맞았는데 나중엔 엄마가 어디서 종아리를 때려야 한다는 말을 듣고 왔는지 종아리를 맞았다. 하지만 뺨은 제외되지 않았나 보다. 엄마는 기분에 따라 우리를 대하는 모습이 달랐다. 기분이 좋을 때는 충분히 사랑해 줬고, 우리가 뭘 잘못하면 크게 화를 냈다.

초등학교 때 친구들과 놀다가 집에 들어갔는데 신발도 벗기 전에 동생이 아직 안 들어왔다며 나가서 찾아오라고 한 적이 있었다. "때가 되면 들어오겠지"라고 했다가 어디서 말대답이냐며 엄마에게 뺨을 맞았다. 너무 억울했다. 눈물이 핑 돌았다. 아직 안 들어온 남동생은 걱정되고 이제 나가서 거리를 헤맬 나는 걱정이 안 됐나 보다. 그날 밤, 작은방 침대 옆 석고 보드로 만들어진 벽을 홧김에 발로 차서 작은 구멍이 났다. 내 마음에도 똑같이 구멍이 생겼다. 석고 보드가 뚫리자 회색 벽돌이 나왔는데 얼마간 그 상태로 방치되다가 겨울이 올 때쯤 아빠가 충전재를 사다가 막았다.

엄마가 식당을 시작하고 돈을 잘 벌기 시작했을 때 한일전 축구 경기를 다 같이 식당에 모여서 본 적이 있었다. 축구 경기가 끝나고 승리 기념으로 엄마가 오천 원을 주며 과자 같은 걸 사 오라고 했다. 한일전 승리에 신나있던 나는 오천 원 전부를 과자로 사서 갔는데 오천 원을 다 쓴 걸 알자 엄마는 날 식당 한쪽으로 데리고 갔다. 그리고 엄마의 손바닥이 뺨으로 날아왔다. 몇 대를 더 맞았다. "철이 얼마나 없으면 오천 원 전부를 과자로 사 올 수 있어! 지 애미가 오천 원을 벌려면 얼마나 고생을 해야 하는데! 몇 개만 사 오고 남겨 왔어야지!" 어리둥절했던 나는 내가 뭘 잘못한 건지 몰라 얻어맞은 뺨을 감싸고 구석에 멍하니 쪼그려 앉아 있었다.

엄마의 매는 청소기의 틈새 청소 노즐, 먼지털이개, 낚싯대에서 제일 얇은 끝부분 등 다양했다. 청소기의 틈새 청소 노즐은 맞다가 부러졌고 낚싯대 끝부분도 맞다가 부러져서 더 이상 쓸 수 없게 되었지만, 먼지털이개는 엄마의 총애를 업고 정말 부러지지도 않고 오래갔다. 먼지털이개는 속이 비어 있는 50cm 정도의 플라스틱 막대기였는데 아프기로는 손에 꼽을 수 있었다. 지금에서야 어린애들을 어쩜 그렇게도 때릴 수 있었는지 싶지만, 당시의 나는 사랑의 매라는 이름으로 내가 잘못해서 맞은 거라 생각했고 맞기 싫어서 공부도 열심히 하고 칭찬받기 위해 비교 대상인 아이들의 행동을 따라 하기도 했다.

그리고 사랑의 매와 늘 세트로 따라다닌 말이 있는데, 엄마가 이를 악물고 "집에 가서 보자"라고 우리한테 조용히 속삭이는 날은 끝이었다. 이 말을 듣고 집으로 돌아가는 날이면 우리는 한도 끝도 없이 맞았다. 그러고 보니 그때 아빠는 뭐 하고 있었는지 모르겠다. 우리가 엄마에게 맞고 있었을 때 아빠의 존재는 기억에 없다.

할머니 댁에 가기 위한 주의 사항

시가에 원망이 많았던 엄마는 할머니 댁에 갈 때마다 우리에게 주의 사항을 읊어 주었다. "얌전히 있어라, 까불지 마라, 어른들 얘기하는 데 끼어들지 마라, 말을 많이 하지 마라, 사촌들과 사이좋게 놀지 마라." 나는 말을 잘 듣는 어린이였다. 할머니 댁에 가면 방 하나를 잡고 그 안에서 거의 나오지 않았다. 가끔 사촌 언니 오빠들과 대화를 하며 시간을 보내기는 했지만 내 동생 또래의 사촌 동생들과는 절대 같이 놀지 않았다. 사촌 동생들은 작은 아빠의 자식들이었는데 엄마가 작은 아빠의 아내, 작은 엄마를 너무 싫어했기 때문이다. 엄마 말에 의하면 작은 아빠를 고등학교 때부터 결혼할 때까지 보살펴 준 것도, 작은 엄마를 작은 아빠에게 소개해 준 것도 엄마였는데 너희 아빠가 모자라서 지 잘난 줄 알고 우리 가족을 무시한다는 이유였다. 사촌 동생들은 둘 다 남자애들이었는데 나는 말을 잘 들어서 사촌 동생들과 놀지 않았지만, 나보다 3살 어린 내 남동생은 또래의 남자애들을 만나서 얌전히 있기 어려웠을 것이다. 내 남동생은 사촌 동생들과 신나게 놀다 보니 말도 많아지고 어른들의 대화에도 참견했다. 삼연타였다.

사촌 언니가 엄마에게 말했다. "고모, 유찬이는 삼국지에 나오는 조조 같다. 진짜" 이 말이 엄마에겐 "유찬이는 말이 정말 많다"라고 들렸나 보다. 오는 내내 동생은 "집에 가서 보자"를 들으며 혼났고, 엄마의 화는 아빠에게까지 향했다. "당신이 못나서 동생들도 너를 무시한다. 네가 무시당하니까 나도 무시당한다. 우리가 가난하다고 못산다고 무시한다"라며 아빠가 큰소리를 칠 때까지 엄마는 멈추지 않았다. 할머니 댁에 갈 때마다 돌아오는 내내 그랬다. 그리고 집에서까지 이어지는 부부 싸움. 그래서 나는 큰집에 가는 걸 싫어하기 시작했다.

기억의 파편 조각들 〈2〉

지겹게 당한 비교

나는 어릴 때부터 지겹게 비교를 당했다. 아파트로 이사한 뒤로는 비교 대상이 정말 많아졌는데 앞 동 사는 친구, 1층 사는 동생, 옆집 사는 친구, 윗집 사는 동생, 108동 사는 친구 등 셀 수도 없었다. 그리고 성적뿐만 아니라 성격이나 행동도 비교를 많이 당했는데 앞 동 사는 누구는 그렇게 욕심이 많아서 시험 성적을 낮게 받으면 울고불고 난리가 난다는데 넌 왜 이렇게 욕심이 없니, 1층 사는 누구는 전단지를 다 모아서 뒷면을 연습장으로 쓴다는데 너는 왜 이렇게 절약 정신이 없니, 옆집 사는 애는 차분한데 너는 왜 이렇게 극성이니, 다른 집 애들은 어떤데 너는 왜 그러니 등 비교 대상도 주제도 참 다양하게 수도 없이 비교를 당했다.

그리고 다섯째 이모의 동갑내기 딸내미도 늘 비교 대상이었는데, 그 사촌과는 주로 성인이 된 뒤로 비교를 당했다. 내가 당한 폭력은 축에도 못 낄 정도로 다섯째 이모부의 폭력이 심했는데, 그래도 그 집 딸은 지 부모라면 껌벅 죽고 애가 밝고 싹싹하다면서 "걔는 그렇게 엄마를 끔찍하게 아낀다는데 넌 지 애미는 눈곱만큼도 안중에 없지", "걔는 엄마밖에 모르는데 넌 너 하나밖에 모르지"라는 식의 비교를 주로 당했다. 그리고 그 사촌이 결혼한 후에는 신혼여행 갔다가 돌아오는 비행기에서 비싼 영양 크림을 사다 줬다는 얘기도 했는데, 시간이 지나도 비교할 주제는 줄지 않았다. 심지어 그 뒤로는 "옆집 사위는 장인 장모 해외여행 보내줬다더라" 등의 이야기를 하며 있지도 않은 내 남편까지도 비교를 당하기에 이르렀다.

엄마의 우울을 먹고 자란 아이

앞서 말했듯 엄마는 기분에 따라 우리를 대하는 태도가 달랐고 엄마의 기분이 좋지 않은 날에는 이유도 모른 채 맞았다. 특히 성적이 떨어지면 그날은 죽도록 맞는 날이었다. 수학 시험에서 '양'을 받은 적이 있었다. 엄마는 작은방에서 나를 마주 앉혀 놓고 화장실 청소용 락스를 각자 앞에 따른 뒤 마시고 같이 죽자고 했다. 겨우 수학에서 '양'을 받았을 뿐인데 세상이 끝난 듯한 엄마의 절망스러운 표정이 기억난다. 그때 내 앞에 있던 락스를 마시고 죽지 않은 걸, 살려 달라고 울면서 엄마에게 애원하던 걸 후회한다. 지금 와서 생각해 보면 그날은 엄마가 유독 기분이 좋지 않았던 날이었던 것 같다. 물론 평소에도 성적에 엄격한 엄마였지만, 나에게 죽음을 권한 건 그날이 처음이었다. 이제 겨우 초등학생인 아이가 엄마에게 죽음을 강요받는다는 것은 두렵다는 감정 그 이상이었다. 그렇게 엄마는 자신의 감정을 거르지 않고 자식에게, 나에게 토해 냈다.

나는 어릴 때부터 엄마와 감정을 공유했다. 엄마는 집안 경제 사정, 아빠의 무능력함, 남동생에 대한 걱정 그리고 엄마 인생의 한탄까지 모든 것을 나에게 이야기했다. 처음엔 나도 엄마밖에 몰랐다. 엄마가 세상의 전부인 줄 알았고, 엄마가 울면 나도 울었고, 엄마가 아빠를 욕하면 나도 아빠를 원망했다. 엄마가 화를 내는 게 세상에서 제일 무서웠고, 엄마가 기쁘면 나도 기뻤다. 엄마의 감정은 곧 나의 감정이었고, 엄마의 생각은 곧 나의 생각이었다. 엄마는 항상 나를 위해 자신의 인생을 희생했다고 했지만, 나는 하나도 행복하지 않았다. 나는 엄마의 우울을 먹고 자랐고, 엄마의 감정 쓰레기통이 되었다.

우리 집 로또 당첨자

모자란 남편이지만 남들에게까지 깔보이기 싫은 맘에 엄마는 아빠에게 고급 옷을 입히고, 가발을 해 주고, 좋은 차를 사 줬다. 우리에게도 아빠를 존경하라고 했다. 아빠는 가장이니까 당연히 그래야 한다고 했다. 물론 나에겐 전혀 설득력이 없었다. 가장은 엄마였고 아빠는 엄마와 우리를 때리는 가정 폭력범에 알코올 중독자였으니까. 하지만 그 세대의 가부장적 영향력은 컸고, 아빠는 아무것도 하지 않았지만 따뜻한 식사에 반찬 투정을 하고 각종 요구를 할 수 있었다. 엄마는 밤낮으로 식당을 운영하면서도 아빠에게 따뜻한 식사와 삼시 세끼 다른 반찬을 해 주었고, 아빠의 각종 요구를 다 들어주었다. 우리 집에는 로또 당첨자가 산다. 엄마라는 로또를 맞은 아빠 그리고 불로 소득세처럼 따라온 우리들.

한편, 따뜻했던 기억들

주공 아파트에서의 따뜻한 기억들도 있다. 아파트 뒤쪽에 논이 있었는데 추수를 하고 나면 동네 아이들의 놀이터가 되었다. 요즘처럼 곤포 사일리지(추수 후 논 위에 놓인 마시멜로 같이 생긴 것)로 만들어 놓지 않고 오두막 형태로 볏짚을 쌓아 뒀는데 거기를 파고 들어가 숨바꼭질하면서 놀았다. 그리고 정월대보름이면 주변 주민들이 모두 나와 달집태우기도 하고, 재활용품 수거함을 뒤져 적당한 깡통을 주어다 아빠에게 갖다 주면 아빠가 못으로 깡통에 구멍을 숭숭 뚫어 철사 끈을 연결해 줘서 쥐불놀이도 했다.

눈이 오는 날에는 이른 아침에 엄마가 "눈 왔다~"라고 알려 주면 아침잠이 많음에도 불구하고 벌떡 일어나 작은방 창문을 열어서 아파트 뒤편에 아무도 밟지 않은 새하얀 눈밭을 구경했다. 비가 오는 추운 날에는 우산을 썼음에도 쫄딱 젖어 덜덜 떨면서 집에 들어가면 엄마가 좀처럼 틀지 않는 보일러를 틀어 놓고 우리를 기다리고 있었는데, 삶은 고구마와 동치미를 간식으로 먹으면서 따뜻한 안방에서 몸을 녹였던 기억도 있다.

학교에 갈 때마다 3층에서 창문으로 우리를 배웅하던 엄마도 기억난다. 모퉁이를 돌아 엄마가 보이지 않을 때까지 손을 흔들었다. 운동회 때는 온 가족이 운동장 나무 그늘 아래에서 김밥을 먹기도 했고, 소풍 때마다 엄마는 새벽같이 일어나 재료를 일일이 다 볶아 김밥을 싸 주었다. 그리고 엄마가 계란 장사를 할 때 전기장판을 깔아 놓은 따뜻한 평상에서 다 같이 먹었던 설렁탕 한 그릇, 엄마가 떡볶이 장사를 할 때 매일 먹어도 질리지 않을 정도로 맛있었던 야채 튀김도 참 많이 생각난다.

그리고 오래된 앨범을 들여다보면 따뜻한 기억을 더 찾을 수 있었다. 기억도 못 할 정도로 어렸을 때 분홍색 토끼 옷을 입고 엄마 품에 안겨 있는 나, 고향 어느 천변에서 빨간 멜빵바지를 입고 풀밭에 누워 있는 나. 어릴 때 생일 사진을 보면 매해 엄마가 빨간 팥을 삶아 직접 만든 수수팥떡을 생일상에 올려 주었던 것도 알 수 있었다. 그리고 초등학교 입학식 때 찍은 사진을 보면 또 한 번 부모의 사랑을 느낄 수 있었다. 입학식 때 엄마가 혼자서 등교할 수 있냐고 물었는데, 당차게 혼자 갈 수 있다고 대답한 나는 학교 가는 길에 이상한 소리가 들려 뒤를 돌아보곤 하면서 무사히 학교에 도착했고 곧

이어 도착한 엄마, 아빠와 함께 입학식을 치렀다. 나중에 알고 보니 아빠가 몰래 뒤를 쫓아오며 내 이름을 부르고 그럴 때마다 내가 뒤돌아보면 사진을 찍었다고 했다.

엄마와 아빠는 분명 날 사랑했다. 그 사랑에 의심은 없었고 분명하고 확실했다. 다만 시간이 갈수록 아빠 때문에 엄마의 정신 상태가 부서지고 있다는 것이 문제였다.

배신

고등학교 2학년 때인가? 아빠 담배를 훔쳐 피기 시작했다. 훔쳐서 몰래 피기 시작한 담배였지만 엄마가 알아주길 바랐던 것 같다. 그래서 나는 그날 엄마를 배신했고, 그걸 들켰다는 것에 작은 희열을 느꼈다. 엄마가 나를 포기해 주길 바랐다. 엄마의 막연한 기대가 그 부담이 날 짓눌렀다. 나는 착한 딸이 아니라고, 엄마가 기대하는 그런 딸이 아니라고, 머리가 똑똑하지도 않다고, 세상에 내놓으면 보잘것없는 키 작고 못생긴 여자일 뿐이라고 엄마에게 가슴속으로 소리치고 또 소리쳤다.

선물을 안겨 주는 남자에게 혹하고 마음을 뺏겨 결혼했지만 알고 보니 빈털터리 무일푼이었다. 결혼 4년 만에 자식새끼는 둘이나 낳아버렸다. 생활력 없는 남편을 대신해 돈을 벌어야 했고, 내 정신은 점점 무너져 갔다. 모두들 나를 가난한 남자와 결혼한 별 볼 일 없는 여자로 보기 시작했다. 돈을 벌어야 한다. 자식새끼들을 위해서도, 나를 위해서도 돈을 벌어야 무시당하지 않는다. 공부를 해야 한다. 공부를 해야 무시당하지 않는다. 그래서 나는 돈을 벌기로 하고, 자식들은 공부시키기로 했다. 근데 자식들이 내 성에 찰 만큼 공부를 잘하지 않는다.

첫째는 나를 닮아 머리는 좋은 거 같은데 지 애비를 닮아 게을러 공부를 하지 않는다. 지가 하겠다고 맘만 먹으면 잘할 텐데 안타깝다. 저렇게 공부하고도 이 정도 성적을 받아 올 정도면 조금만 더 노력하면 변호사 정도는 될 텐데. 나는 부모가 공부를 시켜 주지 않아 한이 됐는데 복 받은 줄도 모르고 언제 정신 차릴지 속이 터진다. 둘째는 딱 지 애비다. 돈 쓰기 좋아하는 것도, 승질머리도 지 애비를 빼다 박았다. 모자란 남편을 닮아 모자란 자식이다. 내가 책임져야 할 모지리인 것이다. 첫째는 어디에 내놔도 잘살아갈 듯하니 내 모든 사랑을 주고, 둘째는 세상에 내놓기 불안하니 물질적인 부분으로 부족한 부분을 채워 주자. 결혼할 때 집이라도 해 줘야 하는데 벌써부터 둘째가 걱정된다.

나는 첫째를 정말 사랑한다. 소중한 내 새끼. 지 애미 속 알아주는 것은 딸내미밖에 없다. 그런데 점점 머리가 크더니 반항을 한다. 담배도 피우는 것 같다. 어느 날 딸내미 방에 있는 피아노를 청소하다 피아노 뚜껑 아래에 숨겨 놓은 담배를 발견했다. 의심이 사실로 변했다. 보충수업을 끝내고 밤늦게 들어온 딸내미를 침대에 마주 앉혀 놓고 담배를 보여 주며 추궁하니 입을 열지 않는다. 이놈의 가시내.

짝! 짝! 짝! 어디서 건방지게 기지배가 담배를 피워.
이 애미가 너를 어떻게 키웠는데, 네가 나를 이렇게 배신할 수 있어!

속에서 분노와 허무가 솟아오른다. 너만 바라보던 나한테, 감히 네가 나한테 어떻게 이럴 수 있는지 용서할 수가 없다. 딸의 표정에서 반항이 엿보였다. 그래서 몇 대 더 때리고 방을 나왔다.

딸이 저녁을 먹으러 나오지 않는다. 애미한테 겨우 몇 대 맞은 거에 속상한 건지 들어가 봤다. 손목에 상처를 보았다. 꼴같잖은 얕은 상처다. 때린 게 미안하기도 해서 머쓱하게 들어가서 밥 먹으라고 한마디 던지고 나왔다.

딸이 담배를 피운다. 내 전부인 딸이 담배를 피운다.
어쩌지 어쩌지 어쩌지.

엄마의 전부였던 내가 담배 피우는 것을 들킨 그날 엄마의 머릿속은 저 생각으로 가득 차 있었을 것이다. 엄마는 화가 나서 날 때릴 때마다 턱 끝을 잡고 머리를 흔들고 뺨을 때렸는데, 그런 기억이 있어서 그런지 지금도 누가 내 턱 끝을 잡으면 기분이 나쁘다. 엄마를 배신한 그날도 어김없이 엄마에게 뺨을 맞았고, 그날 이후 나는 우리 집에서 말수가 줄어들었다.

난 내가 엄마의 전부인 것을 알고 있었다. 나 역시도 엄마를 위해 살고 있었다. 엄마는 나를 낳은 뒤 나에게 모든 것을 바쳤고 나 역시도 엄마에게 모든 것이 바쳐졌다. 한번은 심리 상담 중에 난 그리 좋은 딸은 아니었다고, 엄마 말 지지리도 안 들었던 나쁜 딸이었다고 했더니 심리 상담 선생님이 말씀하셨다. "끽해야 담배 피운 거 아니에요?"라고. 나는 엄마를 배신했는데 정말 나쁜 딸이 아니었을까?

일요일에 가져올 일기장이 기대되었다. 내 일상과 감정이 고스란히 담겨 있는 몇 권 안 되는 소중한 일기장. 잊어버리고 살았던 일기장. 나는 내 상처를 후벼파서 직면하고 싶었다. 심리 상담소에서 일 년 반을 후비고 또 후볐지만 핵심적인 상처는 드러나지 않은 느낌이었다. 일기장을 보았을 때 나도 내가 어떻게 될지 알 수 없었다. 어린 시절의 경험이 사실 별거 아니었는데 되돌리기 버튼이 고장 난 카세트에서 돌아가 엉켜 버린 테이프처럼 머릿속이 엉망이 되어 있는 게 아닐까 의심이 들기도 했다. 하지만 확실한 건 일기장을 내 눈으로 확인하면 피해망상증 환자에서 진짜 피해자가 된다는 것이었다. 그러므로 지금 기록하고 있는 것들이, 이 모든 것들이 사실이어야 했다. 근데 내 기억이 거짓이면 어떡하지? 반대로 더 충격적이면 어떡하지?

두 번의 만류와 보류

토요일, 다니던 작은 정신과에서 진료를 보았다. 오늘따라 환자가 많아 2시간쯤 기다렸다. 오랜 기다림 끝에 2년 가까이 나를 담당하고 있는 의사 선생님을 만났다. 퇴원 후 계속 자살 충동을 느끼는지에 대해 물어보셔서 그냥 멍하다고 했다. 그리고 대학병원에서 받은 약을 먹고 나면 심장이 과도하게 두근거리는 것도 말씀드렸다. 어젯밤엔 너무 심해 스마트워치로 심박수를 재어 보니 130 가까이 심박수가 치솟았다고도 말씀드리니 새로운 약 처방전을 내려 주셨다. 그리고 이어서 상담을 하면서 의사 선생님께 내일 대전에 일기장을 가지러 간다고 말씀드리니 의사 선생님은 다소 당황스러운 표정으로 "왜 가느냐"라고 되물으셨다.

"그 당시 제가 겪은 일을 정확하게 알고 싶어요."
"지금 본인은 거의 40살이잖아요. 맞죠? 그런데 왜 15살 때의 자신한테 집착하나요? 15살의 본인은 가족에 종속되어 마음대로 할 수 없었지만 지금은 가족에 종속되어 있지 않잖아요. 왜 자꾸 과거에 집착하죠?"

"제가 지난주 금요일에 자살 시도를 했잖아요. 그 원인을 파악하고 싶어요."

"본인은 지금 40살이 다 되어 가는데 15살 때 있었던 일 하나로 자살 시도를 하는 것 같아요? 아니죠? 15살 때의 자신이 20대를 지나 30대를 거쳐 지금의 본인이 있는 거예요. 그 일기장을 봐서 15살의 자신을 보는 게 뭐가 중요해요? 현재에 집중해야죠."

"하지만 선생님, 15살의 제가 20대가 되었고, 20대의 제가 30대가 되었고 그리고 지금의 제가 되었어요. 무관하다고 할 순 없잖아요."

"그렇죠. 하지만 과거를 알게 된다고 뭔가 달라질까요?"

"사실 제가 저에 대한 글을 쓰고 있어요."

"쓰지 마세요. 글도 쓰지 마시고 일기장도 보지 마세요."

"네에……."

단호한 의사 선생님의 말씀에 적잖이 당황했다. 자신을 돌아보는 기회를 격려해 주실 줄 알았다. 일기장을 가지러 가면 안 되는 걸까? 일기장을 들춰 보면 다시 상처를 입을 거라는 예상은 하고 있었다. 그게 나에게 독이 되는 것일까? 그리고 이번엔 병원에 입원한 동안 엄마에게 공중전화로 절연을 선언한 것도 말했다. 그 행동에 대해서는 잘했다는 대답이 돌아왔다. 절연한 것을 말하면서 살짝 울먹거렸더니 의사 선생님이 날 이상하게 보면서 말씀하셨다.

"유라 씨는 지금 부모를 짝사랑 중인 거 같은데요? 유라 씨가 원하는 사랑을 부모가 주지 않을 걸 알면서도 그 사랑에 집착하고 있잖아요. 지금?"

새로운 약 처방전과 약간의 혼란스러움을 가지고 진료실을 나왔다. 오늘도 병원에 동행해 준 연인에게 일기장에 대해 말하니 자기 생각도 의사 선생님의 생각과 같다고 했다. 두 번의 만류에 더욱 혼란스러워졌다.

"그럼 가지고만 있다가 내가 좀 나아진 다음에 보는 건?"
"나아졌다가 일기장 보고 다시 악화되면 어떡해?"
"내 일기장이니까 가지고 올 거야."
"당신이 가자고 하면 가겠지만 잘 생각해 봐."

이제 내 결정만 남았다. 의사 선생님과 연인의 두 번의 만류에 일단은 내일 일기장을 가지러 가지 않겠다고 했다. 하지만 글 쓰는 것까지 멈춰야 하는지 고민이 됐다. 지금도 이 글을 쓰고 있지만 의사 선생님의 말씀대로 글 쓰는 것도 멈춰야 하는 걸까? 일기장을 가지고 오면 일주일간 혼자만의 시간을 가지겠다고 했는데 일단은 보류, 글 쓰는 걸 멈추는 것에 대한 판단도 일단은 보류하기로 했다. 현재에 집중하지 못하고 과거에 집착하는 나도 보류 상태인 걸까? 연인과 집으로 돌아가는 길에 오늘 상담에서 의사 선생님께 엄마와 절연한 걸 말하면서 울먹거리니까, 내가 부모를 짝사랑하고 있는 것 같다고 하시더라 했더니 연인이 풉하고 웃었다.

일요일, 유난히 아침 일찍 눈이 떠졌다. 아침잠이 많은 나로서는 드문 일이었다. 오늘따라 기분이 더 괜찮았다. 약을 바꾸고 잠도 잘 자서 그런지 심박수가 심하게 올라가거나 하지불안장애도 나타나지 않았다. 오랜만에 TV를 켜서 요즘 인기 있는 육아 예능을 보며 크게 웃었더니 연인이 지금 웃은 거냐며 내가 웃으니 너무 좋다고 말했다. 그러고 보니 거의 10일 만의 웃음이었다.

"이상해."

"뭐가 이상해?"

"웃어도 되는지 모르겠어."

지난주에 자살 시도를 했는데 기분이 점점 괜찮아지는 게 어색했다. 하지만 어제 상담 시간에 즐거운 일, 재밌는 일을 찾는 내 모습이 이상하다는 질문에 그건 당연한 거라는 의사 선생님의 말씀을 위로 삼아 우울한 기분을 유지하는 데 에너지 쏟는 것을 그만해 보기로 했다.

오후에는 일기장 가져오는 것과 글 쓰는 것에 대해 다시 고민하기 시작했다. 일단 글 쓰는 것을 멈추는 것에 대한 판단은 보류하기로 했으니 글을 계속 쓰기로 결정했다. 하지만 일기장은 포기할 수가 없었다. 두 번의 만류에 일기장 가지러 가는 것을 보류하긴 했지만 잘한 것일까? 내 감정을 추스르고 일기장에 대한 생각이 정리되면 다시 한번 시도해야겠다. 나는 일기장이 꼭 필요했다. 과거에 집착하는 거라면 부정은 안 하겠다. 난 과거의 나로부터 현재의 나까지 하나의 글로 읽어 보고 '그랬구나, 그랬었구나, 네가 그렇게 살았었구나'라고 끝내고 싶었다. 그러려면 그 사실을 담은 그 시절의 내 일기장이, 그 당시의 감정이 필요했다.

죽으면 편해

"죽으면 편해" 엄마에게 지겹게 들어온 말이다. 내가 아주 어릴 때부터, 기억이 형성될 때부터 엄마는 저 말을 입에 달고 살았다. 죽으면 편하다는 말에 논리적으로 반박하긴 어렵다. 죽으면 아무것도 하지 않아도 되고 아무 일도 일어나지 않는다. 죽은 사람은 남은 사람들을 알 수가 없다. 남은 사람들의 슬픔은 잠시 머물다 스쳐 지나갈 것이다. 모든 책임을 남은 사람에게 남기고 죽은 사람은 모든 것을 훌훌 털어 버리고 떠날 수 있는 것이다. 할 일도 없고 책임도 없다. 나에게 죽으면 편하다는 말은 완벽했다. 그래서 어릴 때부터 죽는 상상을 자주 했다. 부모가 싸울 때, 성적을 잘 받지 못했을 때, 학교 다니기 힘들 때, 뭔가를 잘못했을 때 등등.

나는 고등학교 1학년 때부터 친구들에게 서른 살에 자살로 생을 마감할 거라고 말하고 다녔다. 서른 살은 자살하기에 완벽한 나이라고 생각했다. 서른이 되면 번듯한 직장에 다니고 있고, 독립된 생활을 하며 그럴싸한 오피스텔에서 살고 있고, 퇴근 후 샤워한 다음 냉장고에서 맥주 한 캔을 즐길 줄 알고, 회사에서는 팀장 정도의 직급을 가진 커리어 우먼이 되어 있을 거라고 막연히 상상했다. 완벽한 상태에서의 죽음, 완전한 죽음이었다.

지금도 그 생각은 변하지 않았는데, 다만 아직 내가 완벽해지지 않았기 때문에 죽음이 좀 미뤄지고 있을 뿐이라고 생각한다. 한번은 심리 상담 선생님과도 죽음에 대해 이야기한 적이 있었다.

"엄마가 언제나 말했어요. 죽으면 편하다고. 저는 그 말이 논리적으로 완벽하다고 생각해요. 반박의 여지가 없어요."
"그건 엄마 생각이죠. 살아있으면 즐거운 일, 행복한 일, 유라 씨가 좋아하는 여행도 다닐 수 있고 얼마나 다양한 경험을 할 수 있겠어요. 죽으면 편하다는 건 유라 씨 생각이 아니에요. 아주 어릴 때부터 들었기 때문에 엄마의 생각을 유라 씨가 그대로 받아들인 거죠."
"하지만 죽으면 편하다는 말에 반박할 수 있나요? 살아서 경험할 수 있는 즐거운 일, 행복한 일들은 제가 죽고자 하는 욕구보다 강하지 않아요."

"그 욕구 자체가 유라 씨의 생각이 아니라는 거예요. 우리는 엄마의 생각과 유라 씨의 생각을 분리하는 작업을 해야 해요."

크리스찬 놀란 감독의 영화 〈인셉션〉에서 레오나르도 디카프리오가 마리옹 꼬띠아르의 무의식에 "이 세계는 진짜가 아니야. 죽으면 현실로 돌아갈 수 있어"라고 심어 놓은 생각처럼 엄마는 내 무의식에 '죽으면 편해'를 심어 놓았다. 심리 상담 선생님께 엄마의 생각과 내 생각을 분리해야 한다는 말을 듣기 전까지 나는 언제나 죽음을 생각했다.

아침에 일어나서 오늘은 죽어야겠다.
잠자리에 들면서 내일은 죽어야지.
아 출근하기 싫다. 죽어버릴까?

못난이

내 외모에 대해 간단히 설명하자면 키는 150cm 대 초반에 몸무게는 60kg 대 초반, 소위 말하는 키작뚠뚠이다. 원래 이렇게까지 뚠뚠이는 아니었는데 공무원 시험을 준비하면서 노량진 컵밥을 엄청 먹었더니 어느 순간 50kg을 넘었고, 그 뒤로는 꾸준히 찌는 중이다. 각종 다이어트를 했지만 난 요요의 여왕이라는 타이틀을 얻었다. 그리고 피부도 그렇게 좋지 못하다. 고등학교 때까지는 피부가 좋았는데 대학교에 들어가자마자 성인 여드름이 얼굴을 뒤덮어 20대를 여드름과 함께 보냈고, 지금은 여드름 흉터가 뺨을 덮고 있다. 아직 청춘인지 턱 쪽에는 여드름이 진행 중이다.

반면 모든 우성 유전자를 엄마 뱃속에 놓고 나와 동생이 가지고 나온 듯 남동생은 키 180cm에 보급형 주원 같은 외모를 가지고 있고(엄마는 정우성보다 잘생겼다고 한다. 당연히 아니지만), 난 오다리인데 남동생은 모델같이 쭉 뻗은 일자 다리를 소유하고 있다. 덩치도 좋은 편이다. 엄마는 어릴 때부터 "그래도 네가 키가 작아서 다행이다. 네 동생이 키 작았으면 그거 어디 누가 남자로 보기나 했겠니"라던가 "너는 좀 인물이 못났지만 똘똘해서 괜찮아. 네 동생 저렇게라도 잘났으니 다행이지 얼굴도 볼품없었어 봐라. 어디 장가나 가겠니"라면서 동생이 아닌 내가 키도 작고 외모도 볼품없는 것에 안도했다.

그래서 어릴 때 엄마가 날 부르던 애칭은 '못난이'였다. 사랑이 듬뿍 담긴 못난이라는 애칭은 날 외모 콤플렉스 덩어리로 만들었다. 결국 대학교 1학년 겨울 방학 때 아르바이트해서 받은 월급으로 요새는 기본 옵션이라는 쌍꺼풀 수술도 하고, 그 뒤로도 몇 번의 의느님의 손길을 거쳐 지금의 내가 되었다. 내 눈에는 지금도 진짜 못생겨 보이는데 다른 사람들은 내가 귀염상이라고 하기도 하고, 못생긴 편은 아니라고 하기도 한다. 사람들의 말에 용기를 얻어 나는 메이크업도 안 하고 외모 콤플렉스를 벗어나려고 노력도 했지만, 자기혐오는 결국 다시 나를 외모 콤플렉스 덩어리로 더 단단하게 만들었다.

이런 못난이 애칭은 나를 외모 콤플렉스 덩어리로 만들었을 뿐 아니라 나 스스로도 나를 못나게 여기는 진짜 못난이로 만들어 버렸다. 서울에서의 생활에 문제가 생겨 대전에 잠시 내려가 있었던 적이 있었다. 짧았던 부모와의 시간은 역시나 고역스러웠다. 오랜만에 겪는 부모의 간섭, 하루에도 수십 번씩 싸우는 부모, 거기에다가 서울 첫 직장에서 실패한 나를 스스로 견디기 어려워했던 시간이었다. 그러다 너무도 우울했던 어느 날, 편의점에서 맥주를 사와서 엄마 몰래 마시다가 걸렸는데 술을 마시며 울고 있던 날 보며 엄마는 모든 걸 못난 내 탓으로 돌렸다.

"다른 집 애들은 밝게만 잘 자라는데 대체 너는 뭐가 모자라서 그러니. 우리 집보다 더한 집도 많아. 그래도 다들 밝게 잘 커서 부모한테 효도하고 그러는데 넌 대체 뭐가 문제니."

엄마는 울고 있는 내 어깨를 잡고 흔들면서 특유의 세상이 무너지는 듯한 표정을 지으며 대성통곡을 했다. 서로를 이해하지 못하는 모녀는 같은 공간에서 울고 있었지만 다른 의미의 눈물을 흘리고 있었다. 또 한 번 나는 부모에게서 이해받을 수 없다는 것을 느끼고 다음 날 다시 서울로 올라갔다.

그날 울고 있던 나를 보고 처음엔 당황하던 엄마가 찾아낸 대응은 역시나 다른 집과의 비교였다. 내가 못나서 다른 집 애들처럼 밝지 못하고 부모에게 고마운 줄 모른다고 했다. 사랑이 듬뿍 담겼던 못난이 애칭은 어느새 진짜 나를 못난이로 만들었다.

동생보다 못난 게 다행인 못난이, 다른 집 애들보다 못나서 밝게 자라지 못한 못난이…….

엄마의 교육열

“나는 떡을 썰 테니 너는 글을 쓰거라”라고 말했던 한석봉의 어머니처럼 “엄마는 돈을 벌 테니 너희들은 공부를 하여라”라고 선언한 듯 엄마의 교육열은 엄청났다. 다만 본인이 허하는 영역 안에서만 배울 수 있었는데, 예를 들면 딸인 나는 태권도와 바둑학원 같은 곳은 다니지 못하게 했다. 기지배가 그런 걸 배워서 뭐 하냐는 거였다. 반면 내 동생은 태권도와 바둑학원을 다녔는데 진득이 다니지 못하고 한두 달 만에 그만두곤 했다. 그걸 노려 내가 대신 다녀도 되냐고 했었지만 한 번도 허락받지 못했다. 태권도와 바둑학원은 다니지 못했지만 엄마가 허하는 영역 안에서는 많은 학원을 다녔다. 지금은 어떤지 모르겠지만 예전에는 전 과목을 가르치는 학원이 있었는데 거기는 물론 과외도 꾸준히 받았다. 안타깝게도 성적은 그다지 좋지 못했다. 이제 와서 생각해 보면 그 돈으로 다른 경험을 했다면 좋았겠다 싶긴 하다. 물론 허락받진 못했겠지만.

그래도 엄마가 책은 진짜 많이 사 줬었는데 세계문학전집, 위인전집, 과학만화전집, 세계역사만화전집, 한국역사만화전집, 고전 · 현대문학전집 심지어 브리태니커 백과사전까지 집에 있었다. 그중 고전 · 현대문학전집과 브리태니커 백과사전 빼고는 닳도록 봤다. 나는 책 읽는 것을 좋아했다. 화장실에서 큰일을 볼 때도 책을 들고 들어갔고, 자기 전에도 30분 이상은 책을 읽고 잤다. 덕분에 수능 시험이나 공무원 시험에서 독해력은 떨어지지 않았던 것 같다.

7살쯤엔 피아노를 배우고 싶다고 했는데 엄마는 선뜻 고가의 피아노를 사 줬다. 그때부터 엄마의 피아노에 대한 집착이 시작됐다. 그 당시 돈을 100만 원이나 주고 피아노를 샀다며 나에게 피아노 연주가로서의 길을 강요했다. 피아노 학원을 다니고 피아노 과외를 받았다. 나는 피아노를 치고 엄마는 빨래를 갰다. 화목해 보이는가? 강요에 의한 피아노 연습, 제대로 된 피아노 연주 한번 들어보지 못하고 기계적으로 치는 피아노. 전혀 즐겁지 않았다. 나는 어느 순간부터 피아노가 죽도록 싫어졌다. 하지만 엄마는 내가 피아노를 그만두는 걸 허락해 주지 않았다. 결국, 중학교 때 피아노를 그만뒀는데 7살 때부터 15살까지 근 8년여를 배운 피아노

였음에도 피아노를 그만둔 뒤 지금까지도 피아노를 다시 치고 싶다는 생각을 한 번도 해 본 적이 없다.

피아노 이후로 뭘 배우고 싶다고 말하지 않았다. 그냥 나는 이것도 해 보고 싶고 저것도 해 보고 싶었는데 끝장을 봐야 하는 게 힘들었다. 내가 뭘 배우고 싶다고 하면 엄마는 끝까지 할 수 있는지 물어봤다. 엄마의 교육열 신념은 "중간에 그만둘 거면 시작도 하지 마라"였고, 그 신념의 영향으로 나는 아직도 끝까지 하지 못할 것은 처음부터 시작도 하지 않는다. 그래서 뭘 배우기로 결정하는 것도 엄청나게 오래 걸린다. 그리고 성취하지 못하면 '내가 그럼 그렇지'라며 자기혐오에 빠지곤 한다.

한번은 내가 성인이 되어도 뭘 배우는 게 어려운 이유를 어린 시절 이야기를 통해 말하니 심리 상담 선생님이 그런 게 어디 있냐고 하셨다.

"경험을 해 봐야 내가 이걸 좋아하는지 안 좋아하는지 알 수 있는 건데, 시작도 하기 전부터 그렇게 하면 누가 시작하려고 하겠어요. 물론 말 자체가 나쁜 뜻은 아니지만, 다양한 경험을 해야 하는 아동들에겐 많은 걸 놓치게 하는 안 좋은 교육 방식이에요."

나도 선생님의 말에 동의한다. 다만 엄마의 입장에서 변론하자면 우리 집은 가난했었고, 이것저것 경험해 보기에는 돈이 부족했을 것이다.

엄마의 교육열은 '정규 교육'에 한해 있었기 때문에 입시학원이나 과외 같은 것만 허용되었다. 그런데 딱 한 번, 그렇지 않은 경우가 있었다. 내가 다니던 중학교가 일본 어느 중학교와 자매결연을 하고 있었는데 수학여행처럼 일본을 며칠 다녀올 수 있는 기회가 있었다. 그 당시에 자비 부담이 30만 원대여서 기대도 안 하고 가정 통신문을 식탁에 올려놓았는데, 빨래를 하던 엄마가 나중에 그걸 보더니 "가고 싶어?"라고 물어봤다. 나는 가고 싶다고 답해야 할지 안 가고 싶다고 답해야 할지 몰라 한참을 고민하다가 결국 "가고 싶어"라고 대답했다. 그리고 예상치도 못한 엄마의 허락으로 나는 일본에 갈 수 있었다. 당시에는 식당을 하기 전이었으니 엄마에게는 많은 부담이 되었을 텐데도 엄마는 나를 일본으로 보내 주었다.

확실히 나는 사랑을 받았다.

사랑은 사랑인데 잘못된 방식의 과도한 사랑이었다. 나는 엄마의 뜻대로 커야 했고 뭐든 엄마의 뜻대로 해야 했다. 엄마의 뜻을 거스르면 가혹하리만큼의 대가가 따랐다. 엄마가 늘 하던 말 중에는 "대학생이 되면 너 하고 싶은 대로 다 해"가 있었는데, 이 말을 고등학교까진 엄마 말에 따르되 대학교에 가면 자유를 준다는 말로 받아들였다. 그리고 이 말을 철석같이 믿고 고등학교 때까진 정말 말 잘 듣는 학생이었다. 학업에 관심이 없다는 것 빼고.

서산에서 대전으로 이사 갈 때 고등학교를 뽑기로 선택할 수 있었는데, 대덕연구단지 연구원들의 자녀들이 많이 다니는 대덕구의 A 고등학교와 이사한 집과 가까운 서구의 B 고등학교 중 A 고등학교에 배정이 되어 꽤 멀리 통학을 하게 되었다. 당시 대전엔 등하교를 해 주는 사설 봉고가 활성화되어 있어서 나는 그 봉고를 이용해 통학했다. 엄마는 연구원들은 똑똑하니까 자녀들 역시 공부를 잘할 테고, 공부 잘하는 그 자녀들이 다니는 학교에 다니면 나 역시도 자극을 받아 공부를 잘하게 될 거라는 믿음을 가지고 있었다. 그래서 내가 그 고등학교에 배정되었을 때 엄마가 매우 좋아했던 기억이 난다.

그 예상은 보기 좋게 빗나갔다. 수업 진도도 달랐을뿐더러 선행 학습이 당연했던 공부 잘하는 도시 애들 사이에서 촌에서 올라온 나는 잘 적응하지 못했고 아싸(아웃사이더)가 되었다. 다행히 나를 무리에 끼워준 몇몇 착한 친구들과 어울리면서 학교에 적응할 수 있었지만, 나는 점점 더 따라갈 수 없는 수준의 수업과 진도로 학업에 대한 흥미를 잃고 있었다. 그런 일련의 과정을 거쳐 고등학교 3학년 때는 대학 진학을 포기하는 지경에 이르렀는데 막판에 다시 '독립'의 열의를 불태우며 공부했지만 실패했다. 결국 나는 독립하지 못한 채 대전에 있는 C 전문 대학에 진학해서 대학교 시절도 부모와 함께 보냈다.

엄마의 교육열에 부응하지 못하고 전문 대학에 진학했지만, 엄마는 그래도 나의 장래에 확신을 가지고 있었다. 그 당시 굉장히 열풍이 불었던 학과였기에 취업 걱정도 없고, 돈도 잘 번다고 소문이 나 있는 직업군이기 때문이었다. 그리고 엄마가 늘 했던 말과는 달리 나는 엄마 말대로 대학교에 갔음에도 하고 싶은 걸 다 할 수는 없었다.

투쟁의 역사, 20대

처음 대전으로 이사해서 살았던 3층짜리 상가 건물에서 총 네 번의 이사를 더 했는데, 대학생 때 살았던 집은 그중 두 번째 집으로 여기서 본격적인 대학 생활이 시작되었다.

대학에 들어간 뒤에는 통금 시간이 생겼다. 통금 시간은 밤 10시였는데 그것도 9시였던 것을 부득부득 우겨 10시로 늘린 거였다. 외박은 물론 금지였다. 내가 처음으로 외박을 했던 경험은 대학에서 MT(membership training)를 가게 되었을 때의 일이다. 우리 집에서 대학을 진학한 건 내가 처음이었는데 MT도 당연히 내가 처음으로 가는 것이었다. 엄마는 엠티 역시 못 가게 했다. 남녀가 다른 방에서 자고, 다들 가는 엠티라 빠지면 친구도 사귀지 못해서 적응하기 힘들다고 겨우 설득하여 엠티를 다녀오긴 했다. 나중에 봉준호 감독의 영화 〈살인의 추억〉에서 한 형사가 "대학생들은 엠티라는 걸 가서 단체로 씹질을 한다는데 사실이에요?"라고 물어

보는 대사를 듣고 혹시 엄마가 생각한 엠티도 그런 거였는지 그래서 반대한 거였는지 살짝 궁금증을 자아냈다.

나는 대학교에 들어가서 여자들을 사귀기 시작했다. 난 동성애자로서 성 정체성을 인정하고 성인이 되자마자 지역 동성애자 모임 인터넷 카페에 가입해서 활동을 시작했는데 게이, 레즈비언 구분 없이 모두 가입 가능한 카페라 많은 동성애자들을 만날 수 있었다. 지금도 친오빠처럼 친하게 지내는 오빠도 여기서 만났다.

당시 인터넷 카페가 활성화되던 시기라 지역 모임 카페도 엄청나게 활발하게 돌아갔는데, 음지에 있던 동성애자들이 지역 동성애자 모임 카페를 통해 양지로 나와 활발하게 활동하기 시작했다. 그때 카페에서 만난 오빠들이 1박 2일로 놀러 가자는 제안에 카페에서 활발하게 활동하던 5명이 모여 함께 가게 되었다. 거기엔 외박이 안 되던 나도 포함되어 있었다. 하루 종일 재미있게 놀고 밤 10시가 되자 핸드폰에 불이 나게 집에서 전화가 오기 시작했다. 계속 전화를 거절하다 결국엔 꺼 버렸고 다음 날 점심쯤 즐거웠던 시간을 뒤로하고 마음 무겁게 집으로 돌아갔다. 현관문을 열자마자 나를 맞이한 건 엄마의 멱살잡이였다.

뺨부터 맞기 시작했는데 엄마가 두꺼운 금반지를 끼고 있어서 정말 눈알이 빠져나갈 정도로 충격이 컸다. 그리고 내 방으로 끌려가 뒤쪽 허벅지를 맞기 시작했는데 사랑의 매 분야에서 유구한 역사를 자랑하던 먼지털이개가 재등장한다. 이미 억울함과 분노, 반항심으로 가득 차 있던 나는 신음 소리 한 번 내지 않고 엄마의 매질을 다 견뎠는데 총 60여 대를 맞았던 것 같다.

"이 독한 년! 어떻게 잘못했다는 소리 한마디를 안 해! 이 나쁜 년!"

욕설을 들으면서도 엄마와 눈 한 번 안 마주치고 눈을 동그랗게 뜨고 눈물을 뚝뚝 흘리던 나는 엄마가 지쳐 내 방에서 나가자마자 침대와 옷장을 밀어 방문을 막아 버렸다. 그리고 침대에 누워 잠을 자기 시작했다. 점심도 거르고, 저녁도 거르고, 다음 날도 하루 종일 끼니를 거르자 엄마가 문을 열려고 했다. 당연히 문은 열리지 않았다. 침대와 옷장이 막고 있으니까.

엄마는 남동생을 소환했다. 이미 2차 성징을 거쳐 건장한 고등학생이 된 남동생이 힘으로 방문을 열기 시작했고, 사람 한 명이 들어갈 정도가 되자 엄마가 들어왔다. 엄마는 침대에 누워 꼼짝도 안 하던 나에게 단식 투쟁하냐며 황도 통조림 하나를 까서 억지로 먹이려고 했지만 난 입을 열지 않았다. 억지로 들어온 황도 조각도 뱉어 냈다. 엄마는 지금 부모한테 시위하냐며 뭐라고 했지만 딱히 시위를 하던 건 아니었다. 사실 그때 혼날 것은 예상했지만 예상을 벗어난 과도한 체벌에 내가 왜 그렇게 많이 맞아야 했는지와 엄마의 매질이 사랑의 매인지 화풀이였는지 분석 중이었을 뿐이었다. 단순하게는 엄마가 차려 놓은 밥은 먹고 싶지 않았다. 그렇다고 부엌에 나가 밥을 해 먹을 기분도 아니었다. 그래서 그냥 잠을 선택했다. 잠이 들면 아무 생각도 안 나니까. 스트레스를 받으면 잠을 자는 버릇이 생긴 건 이때부터였던 것 같다.

그날 이후 며칠 뒤부터 슬슬 식사를 하기 시작했는데 얼마 뒤 내 생일이 있었다. 엄마는 주방에서 김치 하나를 놓고 밥을 먹고 있던 나에게 생크림 케이크 박스를 툭 던져 놓더니 "네 생일은 챙겨 줬다"라고 했다. 그 뒤로 난 지금의 연인을 만나기 전까지 내 생일을 챙기지 않았다. 그리고 나는 집에서 말이 조금 더 줄었다.

그리고 몇 달 뒤에 대전에서의 세 번째 집으로 이사를 했다. 한 초등학교 앞 지하 1층 지상 2층으로 된 건물이었는데, 우리 집은 그 건물 2층에 살면서 1층에서는 문구점을 운영했다. 그곳에서 살 때 엄마는 공부를 시작했다. 나를 대학에 보낸 뒤 줄곧 한으로 남은 학업을 마치기 위해 검정고시 학원에 다녔다. 검정고시로 중학교, 고등학교 졸업장을 딴 후 곧 전문 대학에도 입학했다. 인정한다. 돈 한 푼 없이 시작해서 대전에 건물을 샀고, 자신의 힘으로 못 배운 한도 풀었다. 엄마가 능력 있고 멋진 사람이라는 건 반박할 수 없는 사실이다. 하지만 너무 억척스러웠던 삶을 살아와서였는지 엄마의 삶은 이후에도 편안하지 못했다. 삶을 조금 더 즐기고 세상을 보는 눈이 좀 더 너그러웠다면 엄마는 행복하게 살 수 있었을까.

대학을 졸업하기 전까지는 부모의 경제력에 의지해 살고 있었기 때문에 모든 것을 내 마음대로 할 수 없었던 것엔 동의했다. 하지만 엄마는 사소한 것까지 본인의 뜻대로 하려고 했다. 그 예로 나는 대학에 들어갈 때까지 매니큐어도 한 번 발라본 적이 없었다. 한번은 대학 동기들과 쇼핑을 하다가 형광 주황색 매니큐어를 사 와서 손톱에 발랐는데, 엄마는 내 손톱을 보더니 "술집 여자" 같다며 당장 지우고 손톱을 짧게 자를 것을 명령했다. 내가 싫다고 하자 엄마는 "네가 잘 때 손톱을 다 잘라 버리겠다"라며 엄포를 놓았다. 의미 없는 기 싸움에 지친 나는 며칠 뒤 그냥 스스로 매니큐어를 지우고 손톱을 잘랐다. 그리고 독립할 때까지 다시는 매니큐어를 바르지 않았다.

대학에 들어가서 '머리가 커' 버린 나는 매사에 반항적으로 반응했는데, 고등학교 때는 엄마와의 싸움이 일방적으로 혼나는 것이었다면 대학교 때는 엄마와 기 싸움을 하고 대거리를 하는 등 투쟁의 역사 시작이었다.

투쟁으로 얻고자 하는 바는 '일상의 자유'와 '기대의 포기'였다. '일상의 자유'는 의사 결정과 행동의 자유 등으로 표현되어 말싸움과 기싸움으로 이루어진 반면, '기대의 포기'는 엄마의 기대를 한 몸으로 받고 있는 내가 사실은 아무것도 기대할 것이 없고 사회로 나가면 보잘것없는 하찮은 존재라는 것을 각인시켜 주며 나에 대한 기대를 포기하게 하는 끝도 없고 답도 없는 싸움이었다. 보통은 내가 악을 쓰고 엄마는 절망에 빠진 표정으로 울면서 내 뺨을 갈겨버리는 것으로 끝나곤 했다.

한번은 내가 "엄마가 날 위해 엄마의 20년을 희생한 거 알아! 고맙고 감사해! 하지만 나도 엄마를 위해 내 인생 전부를 엄마한테 바쳤어!"라고 악을 쓰고 방문을 쾅 닫고 들어간 적이 있었다. 그날의 싸움은 그것으로 끝이었다. 그리고 다음 날 엄마가 뭔가를 포기했다는 것을 알았다. 이제 난 '사랑스러운 딸'이 아닌 '원수 덩어리'가 되어 있었다.

대학교 1학년을 보내면서 정말 많은 갈등이 있었다. 사랑스러운 딸의 존재가 사라진 빈자리는 한 원수가 차지하고 있었고 1년간 정말 징그럽게 싸웠다. 엄마가 나를 보고 '악마'라고 소리친 것도 이 시기에 있었던 일이다. 어느 겨울날, 방 창문을 열고 담배를 피우고 있었는데 안방에서 엄마의 비명 소리가 들려 안방으로 들어가니 "악마! 악마다!"라고 엄마가 나에게 소리를 질렀다. "내가 왜 악마야! 내가 뭘 했다고 악마야!"라고 되받아 치자 아빠가 내 얼굴에 베개를 던졌다. "싸가지 없는 년! 당장 나가지 못해!"

그날 가출을 결심했다. 가출하던 날에는 눈이 내려 날씨가 상당히 추웠던 것으로 기억한다. 밤이 되어 부모가 모두 잠든 후 내 방 2층 창문으로 몰래 집을 나왔다. 그때 사귀고 있던 애인은 나보다 9살이 많은 29살이었는데 마침 서울에 취업한 애인을 따라 서울로 상경했다. 그리고 3개월간의 짧은 가출 생활이 시작됐다. 나는 애인과 고시원 2인실에서 살았는데 고시원엔 일용직 인부들과 술집 여성들이 주로 거주했다. 고시원에 방을 잡은 뒤 나는 바로 아르바이트 자리를 알아봤고, 커피숍과 호프집을 병행하는 가게에서 일을 했다. 2개월 정도 일을 하다가 겨울 방학을 맞이해 조카가 아르바이트를 하기로 했다며 해고 통보를 받았다. 그리고 얼마 지나지 않아 애인의 엄마가 서울로 올라와 짐을 싸 애인을 데리고 가버렸다. 서울에 나 홀로 남았다. 창문 하나 없이 어두운 고시원 방이 지긋지긋해진 나는 결국 아빠에게 전화해 나를 데리러 와 달라고 했다. 아빠가 바로 올라와 짐을 챙기고 고시원 1층에 있던 중국집에서 짜장면 한 그릇을 먹고 대전으로 내려갔다. 그때 아빠가 나를 안쓰럽고 속상하게 보던 표정이 기억난다. 대전 집에 도착하니 예상외로 부모는 나에게 별말을 하지 않았고 나 역시 며칠간 내 방에서 잘 나가지 않았다. 그리고 29살이 되어서도 부모에게서 독립하지 못한 애인에게 실망이 컸기 때문에 며칠 뒤 애인에게 이별을 통보했다.

내가 가출한 동안 등록금은 엄마가 내 주었지만, 출석을 하지 않아 2학년 1학기에 학사경고를 받았다. 2학기엔 휴학을 했다. 그 뒤로 복학하여 부족한 학점은 여름 학기와 겨울 학기 내내 보강하며 전공 면허시험에 합격하고 학점 4.2로 졸업했다.

아가

엄마는 내가 정신과 진료를 받는다고 고백한 순간부터 나를 아가라고 불렀다. 내가 정말 아가일 때를 제외하고는 아가라는 호칭은 내 남동생 차지였다. 내 호칭은 '못난이', 조금 더 커서는 '야 이년아'였다. 그래서인지 지금도 아가라는 호칭에 영 적응되지 않는다.

내 남동생은 언제나 엄마에겐 아가였다. 뭘 해도 도움이 필요한 아가. 반면 나는 어디에 내놓아도 제 살길은 찾아낼 아이였다. 나는 어린 나이에도 아가가 아니었다. 내가 아가였던 시절은 기억나지 않는 아주 어릴 때뿐이었다.

나는 가정 형편이 어렵다는 걸 어려서부터 잘 알고 있었기 때문에 무언가를 갖고 싶다고 조르는 습관이 없었다. 반대로 내 남동생은 갖고 싶은 게 있으면 어떻게 해서든지 받아내었다. 체면이 중요했던 엄마가 거절할 수 없도록 꼭 손님들이 있는 자리에서 뭔가 갖고 싶다고 얘기를 했고, 손님들이 간 후 혼나면서도 엄마에게 갖고 싶은 것을 받아 내곤 했다. 물론 나도 내 동생처럼 갖고 싶은 게 있었다. 하지만 동생이 갖고 싶은 걸 사 주기 위해 부업까지 하는 엄마 옆에서 다시 또 내가 뭘 갖고 싶다고 말할 수 없었다. 나는 철이 들었어야 했다.

나는 내가 갖고 싶은 걸 말하는 대신 엄마를 도왔다. 내가 5학년 때쯤 엄마는 쇠꼬챙이에 작은 고무 조각을 끼우는 부업을 했었는데, 엄마가 빨래하는 동안 그걸 몰래 하다가 쇠꼬챙이가 오른쪽 엄지손가락 손톱 뿌리 쪽을 뚫고 들어가 첫 번째 마디 주름 사이로 나온 적이 있었다. 나는 비명 소리도 지르지 못했다. 소리 질러봤자 시키지도 않은 일 했다고 엄마에게 혼날 거라는 생각에 두루마리 휴지로 오른쪽 엄지손가락을 똘똘 말아서 괜히 빨래하는 엄마에게 말을 걸고 조용히 작은방에 들어와 지혈했다. 자세히 보면 아직도 오른쪽 엄지손가락 손톱 뿌리 밑에 그 흉터가 있다.

[아가, 엄마랑 인연 끊어도 너만 괜찮으면 평생 안 봐도 괜찮은데… 지나가던 어떤 스님께서 네 이름 좀 한자로 알려

달라는데 가운데 '유' 한자가 생각이 안 나네. 그것만 알려 주면 안 될까?]

저녁으로 부대찌개를 포장해 와서 연인과 함께 맥주를 곁들여 맛있게 먹고 있는데 엄마에게 문자가 왔다. 엄마의 문자를 보는 순간 모든 신경이 문자로 집중됐다. 지난주에 딸이 자살 시도를 하고, 정신 병원에 입원해 천륜을 끊자고 통보했다. 그런데도 연락을 한다. 나도 아직 정상적인 사고는 불가능하기에 연인에게 물어봤다.

"이거 나 죽으라는 거지?"
"아니야. 그게 아니라 어머니께서 거기까지 생각하지 못하시는 거야. 이제 문자 그만 보고 잊어. 우리한테만 집중하자."

[없는 자식 이름은 왜 궁금해하세요. 연락하지 마세요.]

연인 덕분에 식사를 무사히 마친 뒤 짧은 답문을 보냈다. 다시 한 번 문자가 오지만 답문을 하지 않았다.

이런 식으로 천륜을 끊은 게 몇 번째던가. 의사 선생님의 말씀처럼 내가 엄마를 짝사랑… 아니 외사랑하고 있다는 걸 인정해야 했다. 엄마도 나를 사랑하지만 이 사랑은 이루어지지 않는다. 뫼비우스의 띠처럼, 평행선처럼 우리의 사랑은 만나지 못한다.

감정 쓰레기통

'감정 쓰레기통' 어느 날 인터넷에서 본 단어인데 꼭 나를 위한 말 같았다. 어릴 때부터 엄마는 나에게 모든 걸 이야기했다. 엄마의 유일한 편이자 지원군이었던 나는 집안 경제 사정, 아빠에 대한 원망, 동생에 대한 걱정, 죽고 싶다는 말 등 무슨 일이 있을 때마다 엄마의 이야기를 들었다. 그래서 나는 엄마를 속상하지 않게 하는 딸, 나라도 엄마가 기댈 수 있는 딸이 되어야겠다고 생각했다. 그런데 엄마는 하소연을 하면서 나에게 또 다른 것을 바랐는데, 그 바람은 나에게 또 다른 책임을 얹어 주었다.

"네 아빠는 대체 왜 그런다니. 죽지 못해 산다. 죽으면 편한데 내가 네 애비 안 거두면 네 애비 어디서 거지꼴로 살 텐데 버릴 수도 없고. 니들만 다 커서 결혼시키면 이혼할 거야"로 시작한 하소연은 "그래도 네 애비랑 나는 이혼하면 남이지만 너네한테는 아빠다. 나중에 아빠 잘 모셔야 한다.

네 아빠가 이 집안의 어른이고 가장이야. 엄마가 이런 소리를 해도 너는 아빠 존경하고 잘해 드려야 해. 네 아빠가 너를 오죽 좋아하니. 네 동생한텐 안 그래도 너한텐 껌뻑 죽는다 죽어. 알지?"로 끝이 난다.

동생에 대한 하소연도 똑같다. "네 동생은 진짜 구제 불능이다. 생활력도 없고 돈 쓰는 것도 좋아하고 딱 지 애비야 지 애비"로 시작해서 "네가 나중에 잘돼도 동생 못 본 척하지 말고 잘 보살펴야 해. 어려울 때 도와주고. 저거 저렇게 모자라서 어디 장가라도 보내려면 집 한 채는 해서 보내야 하지 않겠니? 넌 똑 부러져서 잘살 테니까 네가 동생 많이 도와줘야 한다. 알겠지?"로 마무리 된다.

그리고 이런 모순적인 바람은 나중에 엄마가 암 진단을 받은 후 더 심해졌고, 엄마의 감정 쓰레기통으로서의 역할은 더욱 커졌다.

예전에 심리 상담 선생님께서 어릴 때 겪었던 일을 구체적으로 적어 놓으라고 한 적이 있었다. 부모는 아무리 내가 어릴 때 당신들 때문에 상처를 받았다고 해 봤자 구체적으로 언제, 어디서, 어떤 일이 있었는지 말해 주지 않는 한 기억하지 못한다고 했다. 그렇기 때문에 가급적 언제, 어디서, 어떤 일이 있었고, 그때 어떤 생각을 했는지 자세하게 적어서 편지로든 문자로든 보내라고 했다. 하지만 내가 유일하게 심리 치료 중 실천하지 않은 게 바로 부모에게 내가 겪은 일들을 알리는 것이었다.

일 년 반 동안 심리 치료를 받으면서 부모에 대한 생각이 어느 정도 정리가 되자 이제는 이것을 해야겠다고 마음을 먹었다. 그리고 마침 그 기억들이 내 노트북에 저장되어 있었다. 집에 오자마자 냉장고에서 맥주 한 캔을 꺼내 마시며 노트북에 저장된 내용을 내 핸드폰으로 전송했고 조금씩 수정해서 부모와 있었던 일을 하나하나 문자로 보냈다.

아빠에게 울면서 문자를 보냈다.

[아빠는 가정 폭력범에 알코올 중독자야. 아빠 때문에 우리 집이 이렇게 됐어.]

그러면서 기억나는 사건들을 추가적으로 더 보낸 뒤에 마지막으로 문자 하나를 더 보냈다.

[심리 상담 선생님이 부모한테 겪은 일 구체적으로 하나하나 다 알려 드리라고 했는데 내가 두 분 상처받을까 봐 참았어. 근데 내가 여태 참다가 보내는 이유는 내가 죽기 전에 진실을 밝혀야지 엄마, 아빠도 진실을 알 수 있으니까 하는 말이야.]

자살을 언급하자 엄마에게선 미안하다고 용서하라고, 지금 아빠가 우리 딸 살려 달라고 대성통곡을 하고 있다며 마음을 풀라고 문자가 왔다. 부모가 무식해서 그랬다고 용서하라고…….

내가 겪었던 일들을 부모에게 낱낱이 알리고 사과를 받으면 뭔가 후련해질 줄 알았다. 하지만 후련해지기는커녕 마음이 더욱 답답해지더니 결국 울음이 터져버렸다. 연인의 무릎에 고개를 처박고 한참을 울었다. 다음 날 출근을 위해 신경 안정제를 먹고 잠이 들었다. 퉁퉁 부은 눈으로 겨우 출근하여 정신과 진료를 받고 돌아와 그날 처방받은 약을 한입에 털어 넣었다. 그리고 그 뒤에 있던 일은 앞에 언급한 바와 같이 자살 충동을 이기지 못하고 결국 자살 시도를 했다.

우리의 일그러진 관계는 어디까지 계속될까.

뭔가 글을 쓰고 나를 돌아보고 나면, 상처받은 나를 위로해 주고 나면 마음이 나아질 줄 알았다. 하지만 글을 쓰면서 떠오르는 기억의 조각들은 나를 더 우울하게 만들었다. 이 글은 나를 위로하게 될까? 의사 선생님의 말씀처럼 글쓰기를 멈춰야 하는 걸까? 하지만 지금 내가 할 수 있는 게 글 쓰는 것 말고는 없기에 글을 계속 쓰기로 했다.

피해자 코스프레

우리 집의 가장 고질적이고 근본적인 문제는 아빠임에도 불구하고 글에는 언급이 많이 되지 않았다. 그건 내가 아빠와 어떤 사건을 통해 중학교 때부터 대화를 단절했기 때문인데 그런 관계는 계속되어서 지금도 아빠와 필요 이상으로는 말을 잘 섞지 않는다. 내 인생에서 힘들었던 사건 중 하나로 그 여파가 아직도 영향을 미치고 있을 만큼 그동안은 언급하는 것 자체만으로도 힘들어했던 이야기였다.

중학교 2학년 때인가 엄마가 식당에서 삼겹살을 썰다가 칼을 떨어뜨리는 바람에 종아리가 찢어져서 10바늘을 넘게 꿰맨 일이 있었다. 그때 아빠는 옆집 카센터에서 화투 치면서 논다고 그 사실도 몰랐다면서 엄마가 나에게 하소연을 했다. 그 당시 나와 엄마는 거의 모든 감정을 함께하고 있었는데, 엄마에게 그 사실을 듣는 순간 나는 머리끝까지 아빠에 대한 분노가 치밀었고 아파트 뒤쪽에서 어깨를 축 늘어뜨리며 걷던 아빠를 우연히 만나 말할 틈도 주지 않고 다다다 쏟아부은 게 원흉이었다. 이미 아빠는 엄마에게 한소리를 듣고 온 듯했는데 거기에 딸내미까지 지 애미랑 똑같이 원망을 쏟아부으니 미칠 노릇이었나 보다.

그날 저녁 아빠는 술을 진탕 먹고 와서 집에 혼자 있던 나를 개 패듯이 팼다. 정말 개 패듯이 팼다고밖에 할 수 없겠다. 그 두터운 손바닥으로 내 뺨을 연달아 때렸고, 싸가지 없는 년이 지 애미가 하는 것처럼 지 애비를 무시한다며 쓰러져서 부엌 구석으로 기어가는 나를 발로 밟았다. 거친 숨을 몰아쉬던 아빠가 잠시 한눈파는 틈을 타서 현관문을 통해 도망치려고 했지만 문을 나서자마자 머리채를 잡혀 다시 끌려들어 갔다. 그리고 그 뒤로 진짜 엄청난 폭력이 쏟아졌다. 생전 처음 당한 엄청난 폭력에 나는 정신을 차릴 수가 없었다. 엄마가 느낌이 안 좋았는지 아니면 이웃에서 연락을 받은 건지 식당 일을 하던 중에 집으로 찾아와 벨을 눌렀다. 엄마의 문 열라는 소리를 듣고 엄마처럼 두들겨 맞은 날 보면 무슨 일이 나도 나겠다 싶어 화장실로 급하게 들어가 문을 잠갔다. 집 안으로 들어온 엄마는 화장실 문을 열라고 했지만 결국 내가 문을 열지 않아 엄마는 다시 식당으로 돌아갔다. 그리고 아빠의 폭력도 멈췄다.

그 뒤로 2년이 넘도록 아빠와 말 한마디 섞지 않았다. 마치 투명 인간처럼 완벽하게 아빠를 무시했다. 그 사건을 아는지 모르는지, 알면서도 모르는 척하고 넘어가는 건지 엄마는 내가 아빠와 친하게 지내기를 바랐는데 "다른 집 딸내미들은 아빠 팔짱도 끼고 다니고 애교 넘치게 용돈도 달라고 한다더라. 네가 그러면 네 애비 껌뻑 죽어서 간도 쓸개도 다 내줄 텐데, 왜 넌 그렇게 안 하니. 왜 애교도 없고 무뚝뚝하니?"라곤 했다.

난 날 개 패듯이 두들겨 팬 사람에게 애교 부리며 용돈을 받아 낼 만큼 속이 좋지 못했다. 그리고 엄마의 이런 말도 나에겐 또 다른 폭력이었다.

세월이 흐른 뒤 공무원 시험 준비를 하면서 가족과 연락 두절한 적이 있었는데, 그때 아빠의 환갑을 못 챙겨 드린 게 미안했던 나는 작년 아빠의 칠순에 몇십만 원대의 모직 코트를 선물해 드렸다. 연인은 어떻게 아버지에게 그렇게 당하고도 선물을 드릴 수 있냐며 대단하다고 했다. 성인이 된 나는 그저 부모이니까 나의 도리를 한 것이고 어릴 적 당했던 폭력을 잊은 것은 아니다. 난 아직도 어릴 적 아빠의 폭력이 큰 트라우마가 되어 모든 남성에 대해, 특히 중년 남성의 폭력에 큰 트라우마가 있다.

그런데 이제 아빠는 피해자 코스프레를 한다. 나와 엄마의 갈등으로 보고 싶은 딸을 못 보는 피해자. 그리고 못난 아비 타령을 해대는데 구체적으로 본인이 뭘 잘못했는지도 모르고 그저 못 배워서, 가진 게 없어 많이 해 주지 못해서 못난 아비라 칭한다. 본인의 가정 폭력에 대해서는 전혀 인지하지 못한 채.

애증 관계

월요일, 눈을 떠보니 아침 7시. 오늘도 일찍 눈이 떠졌다. 더 자야지 하고 이불 속으로 꼼지락거리면서 들어가 보지만 잠이 오지 않았다. 그러다 심리 상담 선생님과의 대화가 문득 떠올랐다.

"엄마가 저를 질투하고 있는 건 아닌가 싶어요."
"그럴 수 있죠."

엄마는 부모가 지원해 주지 않아 초등학교를 졸업한 뒤부터 생업전선에 뛰어들었다. 언제부터인지는 모르겠지만 결혼 전까지 구로공단에서 미싱공으로 일을 했었다고 했다. 반대로 나는 부모의 전폭적인 지원에도 불구하고 공부에 흥미가 없었다. 엄마 말에 의하면 복에 겨워서 남들 다 부러워하는 공무원이 되어 비혼을 선언하고, 지 하고 싶은 대로 하며 산다고 했다(나는 19살 때부터 쭉 비혼을 선언했었다).

엄마는 내 나이 때 자식 둘과 능력 없는 남편을 먹여 살리기 위해 백방으로 뛰며 할 수 있는 일은 다 해 가며 있는 고생 없는 고생을 다 했다. 그래서 엄마는 내가 엄마의 말을 다 들어주길 바랐고, 엄마의 아바타로 살길 원했다. 나는 엄마의 꿈이었으며 엄마의 자아실현 도구였다. 머리가 좋은 건 엄마를 닮았지만 이제는 내가 엄마보다 많이 배웠다. 어릴 때처럼 본인이 하라는 대로 말을 잘 듣는 착한 딸이 되기를 바랐겠지만 언젠가부터 엄마는 말로 나를 이길 수가 없었다. 엄마는 아끼던 인형이 고장난 게 아닌가, 귀신이 든 게 아닌가 하고 속상했을 것이다.

엄마가 나를 질투하는 게 아닐까 하는 생각은 지나친 비약일 수도 있지만 내가 공무원이 된 뒤로 부모의 태도가 바뀐 건 사실이었다. 지 잘난 줄 알고 부모를 무시한다는 말을 수도 없이 들었으니까. 다 죽어가는 목소리로 네가 많이 배워서 못 배운 애미 애비를 무시한다고 말하곤 했다. 내 뜻대로 사는 게 부모를 무시하는 거라니 이해할 수 없었다.

내가 다녔던 대학은 졸업하기 전에 취업하는 게 일반적이었던 터라 부모의 동의하에 서울로 취업을 했다. 부모의 허락을 받은 정식적인 나의 첫 독립이었다. 직장 근처에 집을 알아보다가 집값이 너무 비싸 옥탑방으로 들어가야 하나 싶던 차에 누군가에게 광명에 서울시립여성근로자아파트가 있다는 얘기를 듣고 바로 신청했다. 얼마 뒤 다행이게도 아파트 입주 통보를 받았다. 입주하고 며칠 뒤 대학 동기들과 서울에서 약속이 있던 날이었다. 밥을 먹고 차를 마시던 중 엄마에게 전화가 왔다. 왈칵 눈물이 나왔다.

[응, 잘 지내지. 응, 밥 먹었어. 지금 대학 동기들하고 만나고 있어. 나중에 다시 전화할게.]

그저 독립된 삶을 만끽할 거라던 내 예상과 달리 나는 엄마를 그리워했다. 애증이었다. 이 애증 관계를 못 끊어서 나는 아직도 불안정한 삶을 이어가고 있다.

독립

내가 20대 중반에 처음 독립했던 집은 광명에 있는 서울시립여성근로자아파트였다. 저렴한 보증금과 월세로 부모로부터 독립한 미혼 여성들을 지원하기 위한 곳으로 오래된 5층 아파트였지만 꽤 살 만했고, 이곳에서 3년을 살았다.

독립한 뒤 자해를 종종했는데 엄마와 통화한 후 쓰고 있던 안경을 두 동강 내고 안경알을 발로 밟아 깨트려 손목을 긋거나 커터 칼로 손목을 그었다. 주로 왼쪽 손목이 피해자였는데 아직까지도 손과 손목의 중간 부분에 흉터가 있고, 팔오금과 손목 사이 전완근에도 길게 자해한 흉터가 있고 그리고 어깨 아래 BCG 주사를 맞은 부근에 커터 칼로 짧게 짧게 남긴 흉터도 남아 있다. 자살 시도는 한 번 했었는데 옷을 거는 행거에 목을 매달았었다. 근데 쪽팔리게도 행거가 무너지면서 실패. 후유증으로 흰자위에 실핏줄이 다 터져서 며칠 갔었던 기억이 난다.

공무원이 되기 전 여러 직장을 전전했지만 별다른 소득은 없었다. 한곳에 적응하지도 못하고 직원들과의 관계도 별로 좋지 못했다. 자라온 환경 탓인지 타고난 기질이 그런 것인지 나는 의기소침하고 어두운 데다가 감정 기복이 심했고 시기와 질투가 많았다. 독립만 하면 잘살 거라고 생각했던 막연한 기대가 무너지고 암울한 시기를 보냈다.

이 시기에 지금의 연인을 만났다. 연인을 만나고 내 자해 행위는 잠시 중단되었다. 연인은 헌신적이었다. 이때부터 연인에게 내가 어릴 때부터 겪었던 일을 가끔씩 얘기했는데 연인의 반응이 다소 충격적이었다. 내가 겪은 일들이 엄마가 늘 말했던 것처럼 다른 집에서도 흔히 벌어지는 일들이 아니라는 걸 알았고, 연인은 한 번도 부모로부터 체벌을 받거나 욕을 들어본 적이 없었다고 했다. 연인은 내가 겪었던 일에 대해 위로를 해 주면서 그런 집에서 나처럼 바르게 자라지 못했을 거라고 했다. 고개를 갸우뚱했다.

"나는 말을 잘 안 듣는 딸이었고, 기지배 주제에 담배를 피웠고, 술도 좋아하니까 엄마로서는 당연히 속상해서 매도 들고 욕도 하고 그런 거 아닌가?"

"아니야."

연인이 단호하게 반응했다. 그제야 이유도 알 수 없이 우울했던 감정들과 자해 충동, 자살 충동들에 혹시 이유가 있지 않았을까 생각해 봤다. 그리고 내가 평범한 가정에서 자란 건 아니라는 것을 알게 됐다. 그 뒤로 1년에 3~4번 대전 집에 갔다 온 뒤로 정신이 황폐해져 돌아오기를 반복하며 우리는 그곳을 '이상한 나라'라고 부르기로 했다.

24살에 만난 연인과 3년의 연애를 하고 동거를 하기로 했다. 우린 부천에 낡은 빌라를 전세로 얻었는데 연인의 집과 우리 집에서 각 2,000만 원씩 도움을 받았고, 연인이 500만 원을 보태 4,500만 원짜리 전셋집에서 동거를 시작했다(물론 우리 사이는 아직 두 부모님께 비밀이다).

이사를 하고 새로운 보금자리를 보여 주기 위해 부모를 초대한 적이 있었다. 도착 시간에 맞춰 준비를 끝내지 못해 집에서 한 30분을 기다리게 됐는데, 엄마가 TV 받침대에 중국 여행 갔다 온 친구가 기념 선물로 준 중국 담배가 진열되어 있는 걸 본 모양이었다. 30분간 점점 표정이 안 좋아지던 엄마는 결국 "부모가 온다고 하면 준비를 다 하고 있다가 마중을 나와야지 게을러터져서 30분이나 기다리게 만들고 둘이 담배나 피우고 아주 살판났구나!"라고 나뿐만 아니라 처음 보는 연인에게도 화를 냈다. 연인은 담배를 안 피운다. 그리고 그때는 나도 담배를 끊은 상태였는데 장식장에 있던 담배를 보고 멋대로 추측한 것이다. 순간 나도 화가 나서 대꾸를 하려는데 연인이 엄마와 나를 달래 겨우 진정됐다. 그리고 연인이 근처 패밀리 레스토랑에 가서 식사를 대접했지만, 좋지 않은 감정으로 부모는 대전으로 내려갔다. 그 이후로 내가 집으로 연락하는 횟수는 더욱 줄어들었다.

다발성 골수종

동거를 시작하고 1년이 지난 28살, 다니던 작은 회사를 그만두고 실업급여를 받으며 이곳저곳 이력서를 넣던 중에 당시 선풍적인 인기를 끌었던 류시화 시인의《하늘 호수로 떠난 여행》을 읽고 인도 여행을 결심했다. 하지만 절대로 여자 혼자 인도 여행은 허락할 수 없다는 부모와 연인의 고집으로 남동생과 약 10일간의 인도 여행을 같이하게 됐다. 여행이 끝날 때쯤 남동생은 귀국하고 나는 남아 인도 여행을 마저 하기로 했지만, 그때 한국에서 전화 한 통이 걸려 왔다.

"엄마가 아프다. 둘 다 함께 들어와라."

연락을 받고 급하게 귀국했다. 어깨가 아파 오십견인 줄 알고 병원에 간 엄마는 명확한 원인을 찾지 못한 채 이것저것 검사를 하고 있었다. 나와 내 동생은 입원한 엄마 옆에서 인도 여행기를 들려줬다. 잔뜩 찍어온 사진도 보여 주면서 아그라에서 타지마할을 방문한 이야기, 야간열차를 탄 이야기, 낙타를 타고 사막에서 하룻밤 자고 온 이야기, 바라나시 갠지스 강가에서 오렌지 차를 마시며 멍 때리던 이야기, 인도 남자애가 내 엉덩이를 만지고 가서 남동생이 쫓아갔던 일들을 말하며 수다를 떨었다. 엄마의 표정은 밝고 온화했으며 병실의 햇살은 따뜻했다. 그리고 '아무 일도 없었다'라고 끝났으면 얼마나 좋았을까.

길어진 검사 시간으로 나는 잠시 서울로 돌아갔고, 그 시간 동안 엄마는 계속해서 검사를 받았다. 그러다가 의사의 촉이 발동했는지 의사는 엄마에게 골수 검사를 권유했다. 결과는 두 시간 정도 뒤에 나온다고 했다. 두 시간 뒤 전화를 하려고 했는데 예상보다 빠르게 엄마한테 전화가 왔다. 우는 목소리였다.

"너 이년, 이 나쁜 년! 지 애미가 아파서 검사도 받았다는데 결과가 어떤지 전화도 안 하고 이 나쁜 년! 지 애미가 죽든지 말든지 너 살기만 바쁘지? 너 이년, 니 애미 암이란다. 아주 신나지? 신나 죽겠지? 빨리 죽어버렸으면 좋겠지!"

전화를 받자마자 엄마의 악에 받친 고함이 속사포 랩처럼 쏟아져 나왔다. 그 와중에도 '암'이라는 단어만 머릿속에 남았다. 그리고 나는 침착하게 말을 이어 나갔다.

"엄마, 두 시간 뒤에 결과 나온다고 해서 시간 맞춰 전화하려고 했어. 근데 결과가 좀 더 일찍 나왔나 봐. 미안해. 엄마 근데 암이라니? 그게 무슨 소리야?"
"너 이년, 니 애미 다발성 골수종이란다. 이 썩을 년! 내가 이런 것도 자식새끼라고 입히고 먹이고. 아이고 아이고!"

엄마의 악은 끊이지 않았다. 마치 내가 엄마에게 암세포를 심은 것처럼, 나 때문에 암에 걸린 것처럼 나는 엄마의 모든 원망과 분풀이를 받아 냈다.

"엄마, 엄마 일단 진정해 봐. 내가 그거 좀 알아보고 다시 전화할게. 그리고 전화 안 하려던 거 아니야. 오해하지 말고. 알았지?"

급하게 전화를 끊고 다발성 골수종을 검색해 봤다. 혈액암의 일종인데 암세포가 혈액을 타고 다니며 뼈를 녹이는 병이라고 한다. 엄마의 어깨도 그것 때문에 아픈 것이었다. 엄마에게 다시 전화해서 진정을 시킨 다음, 병원에 전화해서 예약하고 입원하기로 했다.

응급실 노숙자

당시 실업급여를 받으며 백수 생활을 했던 나는 엄마 병간호를 전적으로 담당하기로 했는데 그건 큰 실수였다. 병실에 자리가 나지 않아 엄마는 거의 열흘을 응급실에 입원해 있었다. 식사가 나오지 않는 응급실에서 난 삼시 세끼 엄마의 식사를 챙기면서 내 식사도 해결해야 했다. 응급실은 24시간 보호자 상주가 원칙이라 24시간 내내 며칠을 엄마 옆에 붙어 있으면서 환자 침대 옆 딱딱한 플라스틱 의자에서 잠을 청하거나 진료가 끝난 어두운 병원 로비에서 1인용 소파를 차지하고 눈을 붙여야 했다.

3일째부터 머리가 떡지기 시작했다. 잠도 제대로 못 자고 옷도 못 갈아입으니 점점 노숙자 꼴이 되어 가고 있었다. 밤낮없이 엄마는 이것저것 검사하러 이동을 했고, 그 검사 시간만이 유일한 나의 휴식 시간이었다. 하지만 그 당시 중요했던 건 엄마가 어떻게 지내느냐였기에 내가 힘든 건 아무래도 괜찮았다. 다행히 그 당시에는 코로나 같은 전염병이 없을 때라서 엄마를 휠체어에 앉혀 병원 주변을 돌면서 많은 이야기를 했다. 주로 엄마의 일방적인 하소연이긴 했지만.

내가 응급실에서 열흘 가까이 보내고, 이후에 항암 치료를 하는 몇 주 동안에도 아빠와 남동생은 한 번도 올라오지 않았다. 엄마가 아빠 차를 타고 서울로 올라오던 날 "그럼 니가 고생 좀 해라"라는 말을 남기고 그날 바로 아빠는 내려갔다. 두 남자는 엄마에 대한 모든 책임을 나에게 넘겨 버리고 단 한 번도 올라오지 않았다. 사실 그땐 나도 그것에 대해 이상하다고 생각하지 못했다. 내가 딸이니까 당연히 엄마의 병간호는 내 몫이라고 생각했다.

응급실에서의 시간이 얼마나 흘렀을까 드디어 1인실에 자리가 났고, 그 와중에 딸 고생하는 것보다 돈이 걱정인 엄마를 겨우 설득해서 1인실로 들어갈 수 있었다. 난생처음 보는 1인실은 응급실에 비하면 호텔급이었다. 침대 맞은편 벽을 꽉 채운 커다란 창문, 창문으로 보이는 야경, 넓은 병실, 큰 침대, 3인용 소파도 있었다. 옷장은 물론 커다란 평면 TV에 개인 화장실도 딸려 있었다. 식사도 꼬박꼬박 제때 나왔다.

입원에 필요한 절차를 밟은 뒤 저녁이 되어서야 엄마에게 집에 가서 하룻밤 자고 내일 오겠다고 말했다. 씻는 것도 시급했고, 연인도 보고 싶었고, 무엇보다 하룻밤 정도는 편하게 자고 싶었다. 하지만 그때 엄마의 표정이 안 좋아지는 걸 눈치챘어야 했다.

간호사 선생님들께 엄마를 부탁하고 꾀죄죄한 모습으로 대중교통을 이용해 열흘 만에 집으로 돌아갔다. 따뜻한 물에 샤워를 하고 연인의 품에 안겨 간만에 편한 잠을 청했다. 오랜만에 편하고 깊은 잠을 잘 수 있었다. 다음 날 느긋하게 일어나서 병실 생활에 필요한 물건을 챙겨 점심이 지나 병원에 도착했을 때 엄마는 울고 있었다. 나에게 눈물을 보이지 않으려고 했지만 우는 모습을 감추지는 못했다. 이제 곧 항암 치료에 들어가야 하는 엄마의 컨디션이 걱정됐던 내가 "엄마, 왜 그래? 무슨 일 있었어?"라고 물으니 엄마는 "아무것도 아니야. 그냥 피곤해서"라며 얼버무렸다.

병간호로 유세 떨기

엄마는 입원하고 곧바로 항암 치료를 시작했다. 2주간 항암 치료 약 먹는 것을 1사이클이라고 했는데, 1사이클은 상태를 봐 가며 약 조절해야 하기 때문에 병원에 입원해서 항암 치료를 했다. 그리고 다음 사이클을 시작하기 전에 집에서 보양을 하다가 다음 항암 치료가 시작되면 입원을 하는 식이었다. 다행히 2사이클부터는 미리 입원 예약을 했기 때문에 응급실에서 무작정 병실이 날 때까지 기다리지 않아도 되었다. 엄마의 항암 치료 과정은 3사이클까지 진행한 후 암세포가 어느 정도 줄어들면 자신의 조혈모세포를 추출해 암세포를 제거하는 자가조혈모세포이식으로 결정되었다.

1인실에서는 응급실 생활과 비교도 안 되게 편하게 지냈다. 며칠 뒤에 2인실로 병실을 옮겼는데, 2인실에는 접으면 의자 펼치면 침대가 되는 보호자 침대가 있었다. 1인실에 비하면 좁고 불편했지만 보호자 침대가 있다는 것만으로도 감지덕지였다. 엄마도 같은 병으로 입원한 입원 동기(?)가 생기니 말수도 늘고 괜찮아 보였다. 그리고 얼마 뒤 다인실에 자리가 나서 다시 병실을 옮길 수 있었는데 다인실에서 엄마는 나를 부끄러워했다. 원래 꾸미는 걸 잘 못하는 나는 병원 생활 중에도 옷을 편하게 입고 머리도 가끔 감아 종종 질끈 묶은 상태였는데, 뭐 병간호하면서 누가 꾸밈에 신경을 쓰겠나 싶겠지만 유독 내가 심했었나 보다.

다인실로 가니 비교 대상이 많아졌다. 하필 앞 침대 환자분의 딸은 학교 교사였고, 옆 침대 환자분의 사위는 변호사였다. 바쁜 와중에도 일주일에 한 번씩은 꼭 들른다면서 칭찬을 아끼지 않았다. 백수에 꾀죄죄한 행색으로 24시간 병실에 붙어 있는 난 엄마가 내세울 게 아무것도 없었다. 엄마는 누가 나에 대해 묻기라도 한 듯 "얘가 꾸밀 줄을 몰라서……"라며 얼굴을 붉히면서 "원래 일을 했었는데 제 엄마 아프다고 지금 저한테만 붙어 있는 거예요"라고 변명을 했다.

그렇게 1사이클을 마치고 연인과 함께 사는 집에서 엄마와 잠시 같이 지내기로 했다. 연인도 흔쾌히 승낙했다. 그리고 짧은 기간 동안 집에서 보양을 하면서 엄마의 컨디션을 위해 나 나름대로 최선을 다했다. 아침잠이 많은 내가 엄마의 아침 식사를 위해 일찍 일어나 아침밥을 차리기도 하고, 맛있는 것도 시켜 먹고, 웃으면 좋다고 해서 고스톱 치면서 박장대소를 터뜨리기도 했다. 매일 "엄마, 사랑해"라고 안아 주고 영양 크림으로 얼굴 마사지도 해 드렸다. 엄마도 "아유, 병 걸려서 안 좋기만 한 건 아니네. 내가 이런 호사를 누려 보네"라고 했다. 하지만 몇 년간 따로 살던 모녀가 같이 살아 좋을 일은 없었다. 나는 점점 엄마의 아침 식사를 거르기 시작했고, 안방을 엄마에게 내어 주고 옷방으로 쓰던 작은방에서 이불을 깔고 자는 연인에게도 점점 미안해졌다.

그렇게 우여곡절 끝에 3사이클까지 끝내고 엄마가 퇴원하는 날이 되었다. 조혈모세포추출을 위해 보양을 해야 하는 기간 동안 엄마는 대전 집으로 내려가 있기로 했다. 남동생이 엄마와 함께 집으로 내려가기 위해 대전에서 올라왔다. 엄마가 투병 생활을 하는 동안 처음으로 올라온 거였다.

남동생은 병실 창가에 앉아 엄마와 이야기를 하고 있었고, 나는 엄마의 퇴원 수속을 위해 바쁘게 병원을 누비고 다녔다. 빨리 엄마를 대전으로 보내 드리고 집으로 가서 쉬고 싶었다. 엄마의 짐을 다 정리하고 퇴원 절차도 밟은 뒤 병실로 돌아왔을 때 엄마는 세상 서럽게 울고 있었다. 왜 울고 있냐고 해도 아무것도 아니라고 했다. 이유를 알 수가 없었다. 찜찜한 마음을 뒤로한 채 동생과 엄마는 대전으로 내려가고, 나는 간만에 연인과 저녁 외식을 했다. 그리고 연인과 집으로 돌아오던 길에 일이 터졌다. 울고 있는 엄마에게서 전화가 왔다.

"너, 이 나쁜 년. 오늘이 지 애미 생일인데 알면서도 모른 척 했지. 너 이년, 네가 그러고도 사람 새끼냐 짐승 새끼지."

하늘에 맹세코 그날이 엄마 생일인지 정말 생각도 못 했다. 10분이 넘도록 엄마의 욕설과 울음 섞인 원망이 핸드폰을 통해 날아왔다.

"엄마, 나 오늘 엄마 생일인 거 진짜 정말 까먹고 있었어. 미안해. 퇴원 수속 밟고 엄마 내려갈 준비하느라고 바빴어. 엄마도 알잖아."

엄마는 울면서 말을 이어갔다.

"나는 네가 그래도 엄마 생일이라고 같이 대전에 내려와서 조혈모세포이식 때문에 나중에 올라갈 때 필요한 짐도 싸주고 도와줄 줄 알았다. 근데 어떻게 그렇게 매정하게 네 동생한테 짐짝 보내 버리듯 보내 버릴 수가 있니. 내가 너를 어떻게 키웠는데. 지 애미가 암에 걸려서 오늘 죽을지 내일 죽을지 모르는데 네가 나한테 어떻게 그럴 수가 있어!"

엄마의 울음은 이제 악을 쓰는 걸로 변해 있었다.

"엄마, 엄마 생일 못 챙겨 준 건 미안해. 하지만 여태까지 내가 병간호했잖아. 그리고 대전엔 동생도 있고 아빠도 있잖아. 그 둘이 엄마 조혈모세포이식 준비해 주면 되잖아."

"네가 한 게 뭐가 있어! 네가 뭘 했다고! 고작 며칠 병간호해 준 거? 그거 고스톱 치면서 거짓 웃음 준 거? 그것도 병간호라고 유세하니? 어? 너 나 1인실로 올라가자마자 아주 신나서 병든 애미 버리고 뒤도 안 돌아보고 집으로 휭하니 가 버렸던 거 내가 모를 줄 알아!"

내가 응급실에서 열흘을 노숙자처럼 지내면서 병간호했던

것, 그 뒤로도 몇 주를 병원에서 병간호했던 것이 엄마 말 한마디에 유세 부린 게 되었다. 어색함을 이기고 매일 엄마를 안아 주고 사랑한다고 말하고 고스톱을 치면서 크게 웃었던 일이 가식이 되었고 가짜 웃음을 준 게 되었다.

아무리 화가 났어도 그렇게 말하는 엄마의 얘기를 들으니 허탈함이 나를 엄습했다. 그렇게 상처만 남은 통화가 끝나고 극도로 화가 난 나는 그 당시에 쓰고 있던 폴더 폰을 두 동강 내 길거리 쓰레기 더미에 버리고 집으로 돌아갔다. 그리고 그다음 날 연인과 점심을 먹고 있었는데 연인에게 엄마로부터 전화가 왔다. 집 해 줄 때 줬던 2,000만 원을 당장 빼서 보내라는 내용이었다. 연인은 조용히 알았다고 하고 끊었다. 통화 내용을 듣고 어이가 없었던 나는 엄마에게 다시 전화해 당장 2,000만 원 구해서 보낼 테니까 앞으로 나한테 연락하지 말라고 했다. 연인은 조용히 날 달래줬다.

아마도 엄마는 2,000만 원을 보내라고 하면 엄마에게 잘못했다고 할 줄 알았던 것 같다. 혹은 집을 뺄 수밖에 없어 서울에서의 생활을 정리하고 대전 집으로 내려올 거라고 생각했을 수도 있겠다. 하지만 연인이 부모님께 유라 어머니가 암 투병을 하시느라 급하게 돈이 필요해서 전세금을 빼야 할 거 같다고 말씀드렸더니 어떻게 바로 2,000만 원을 마련해 주셨고 난 집으로 그 돈을 보낼 수 있었다. 엄마에게 잘못을 빌지도 않았고, 서울 생활을 정리하지도 않았다. 연인에게 얹혀살게 되었지만 부모로부터 경제적인 독립을 하게 되었다. 그리고 다시는 집에서 단돈 한 푼도 받지 않겠다고 다짐했다.

다음 날인가? 집 근처 마트에서 장을 보고 있었는데 연인을 통해 아빠에게서 전화가 왔다. 전화를 받으니 다짜고짜 쌍욕이 날아왔다.

"이 쌍놈의 기지배, 서울 생활 다 정리하고 당장 내려와!"

한참을 대거리하고서야 전화를 끊을 수 있었다. 진절머리가 났다. 그리고 그 이후로 공무원 시험에 떨어져 지원을 받기 위해 연락하기 전까지 집으로 단 한 번도 연락하지 않았다.

원죄의 탄생

엄마의 조혈모세포이식 날짜는 그로부터 한 달 뒤였다. 한 달 뒤 엄마는 무균실에 입원해 온몸의 피를 갈아 넣는 목숨을 건 수술을 해야 했다. 연인이 안 가 봐도 되냐고 물었지만 나는 아빠와 남동생이 있으니 나까지 안 가도 된다고 했다. 그리고 엄마가 조혈모세포를 이식하고 무균실에 있는 한 달 동안 단 한 번도 찾아가지 않았다. 원죄의 탄생이었다.

나중에 알았다. 아빠와 남동생은 엄마가 무균실에 입원한 동안 단 한 번도 찾아가지 않았다는 것을…….

부모와의 연락이 그렇게 끊기고 얼마 지나지 않아 갑자기 아빠가 집으로 찾아왔다. 대학생 때 아빠가 입양해서 집에서 키우고 있던 강아지와 함께. "네 엄마가 조혈모세포이식을 해서 집을 무균실처럼 유지해야 하니 앞으로 애는 네가 키워라"라는 통보와 함께 무턱대고 강아지를 맡기고 내려가 버렸다. 참고로 연인이 반려동물을 싫어해서 그 무엇도 키우지 않고 있었다. 나 혼자 사는 집도 아니고 어떻게 한마디 상의 없이 강아지를 맡기고 갈 수 있는지 나는 분노했다.

나도 몇 년간 키웠던 강아지였고 날 제일 좋아하는 녀석이었기 때문에 어떻게 연인을 설득해서 잠시나마 같이 있을 수 있었다. 하지만 나이도 많고, 슬개골도 문제가 있어 걸을 때마다 집안 떠나가라 낑낑거렸고, 택배나 음식 배달이라도 오면 빌라 전체가 울리도록 짖곤 해서 방음이 잘 안 되는 빌라에서 키우기 점점 눈치 보이기 시작했다. 대전 집에선 잘 가리던 대소변도 갑자기 환경이 바뀌어서 그런지 아무 데나 대소변을 봐 연인에게 미안한 적이 한두 번이 아니었다. 결국 몇 달 뒤 그 녀석은 다시 대전 집으로 내려갔다.

새로운 공포가 다가왔다. 부모가 내가 사는 곳을 안다. 아빠가 갑자기 날 차에 집어넣고 대전 집으로 내려가진 않을까, 언제든지 찾아와 나와 연인을 해코지하지 않을까 하는 두려움이 생겼다. 난 그 일이 있고 난 후 빌라 입구로 들어갈 때마다 누가 따라오지 않는지, 집으로 들어가기 전 한 층 아래에서 집 앞에 누가 없는지 살펴보는 버릇이 생겼다. 집 안에 들어와서도 그 두려움은 없어지지 않았다. 그리고 나는 연인에게도 조심해서 들어오라고 신신당부했다.

그 뒤로 계약이 끝나 그 빌라를 떠났고 지금도 난 부모에게 절대로 내가 사는 주소를 알려 주지 않는다.

공무원 시험 준비

내가 공무원 시험 준비를 하게 된 계기는 이미 공직에 계신 외삼촌의 권유였다. 엄마가 다발성 골수종 진단을 받고 서울에 있는 병원에 입원해 있을 동안 외삼촌이 병문안을 오셨는데, 당시 백수였던 날 보고 공무원 시험을 한번 준비해 보는 건 어떠냐고 말씀하신 것이다. 그동안 한 번도 공무원을 꿈꿔본 적도 없었고 공무원 시험이 어렵다는 사실도 알고 있었기 때문에 생각이 없다고 거절했다. 하지만 엄마는 공무원이라는 단어를 듣더니 눈이 반짝거렸다.

"얘가 불의를 보면 못 참아, 딱 너(외삼촌) 같아. 사리 분별이 아주 철저하고 냉정하고 논리적이야. 공무원이 천직이야 천직."

어느새 나는 공무원이 천직이 되어 있었다. "불의를 못 참으면 공무원 못 하는데"라는 외삼촌의 대답에 괜스레 엄마의 말이 부끄러웠던 나는 "아니에요. 저 불의 보면 잘 참아요" 라고 대답했다. 어쨌든 이 일을 계기로 나는 '공무원에 도전해 볼까?'라고 생각하게 됐다.

부모와의 연락을 끊고 난 후 엄마의 병간호로 잠시 미뤄 뒀었던 재취업을 위해 이곳저곳 다시 이력서를 넣기 시작했다. 하지만 아무리 이력서를 넣어도 직업전문학교 출신의 결혼 적령기 여성에게 재취업의 문턱은 높았다. 그러다 문득 지난 엄마 병문안에서 공무원을 해 보면 어떻겠냐는 외삼촌의 말씀이 생각났다. 은근히 나와 적성도 잘 맞아 보이고, 게다가 결혼도 하지 않고 정년까지 내가 벌어 내 능력으로 살려면 공무원이 딱이었다.

나는 10월 말쯤 9급 공무원 시험을 준비하기로 결심했다. 서울로 올라와 이제껏 일하면서 남은 돈은 펀드에 넣어 뒀던 300여만 원. 나에게는 딱 300만 원어치의 기회가 남아 있었다. 바로 노량진으로 가서 역에서 가장 가까운 공무원 학원을 찾아가 종합반을 등록하고 그때부터 미친 듯이 공부했다. 부모도 없고 가진 거라고는 아무것도 없던 나는 더 이상 물러설 곳이 없었다.

멘토를 해 줄 사람이 없어 나는 강사가 추천해 준 커리큘럼을 따라 종합반 수업을 들은 뒤 심화반 수업을 듣기로 했다. 오전 9시부터 오후 1시까지 종합반 수업을 실강(현장강의)으로 듣고 나머지 시간은 복습을 했다. 이때 나름 규칙적으로 생활했는데, 7시까지 노량진에 가서 수업에 입장하기 위한 줄을 섰다가 문이 열리면 제일 먼저 들어가 앞자리에 자리를 잡았다. 쉬는 시간마다 모르는 것을 물어보았고 졸지도 않았다. 그렇게 1시에 수업이 끝나면 길거리 컵밥으로 간단히 식사를 해결하고, 학원 무료 자습실에서 밤 10시까지 복습을 했다. 그리고 집에 가서 11시까지 TV를 조금 보다가 잠이 들었다.

종합반 수업을 듣고 모든 내용을 외운 다음에 심화반 수업에 들어갔다. 9급 공무원 시험 과목은 총 5개인데, 처음에 강사가 심화반은 2개까지만 동시에 들으라고 해서 영어는 기본으로 듣고 심화반을 2개씩 등록해서 6월까지 모든 과목의 심화반 수업을 다 들었다. 그리고 그중에서 암기 위주의 과목을 제외하고 심화반 수업을 한 번씩 더 들었다. 어느새 해가 넘어가고 문제 풀이반이 시작되었지만 수중에 돈이 없었다. 사실 내가 모았던 300만 원은 진작에 수업 듣느라

다 썼지만 참 고맙게도 연인에게서 꾸준히 지원을 받아 공부할 수 있었다. 이번에도 연인에게 도움받을 수 없었던 나는 친한 오빠에게 이제 정말 마지막이라는 생각으로 돈을 빌렸다. 그리고 문제 풀이반을 등록해 4월부터 차례대로 있는 공무원 시험 준비의 마무리를 시작했다.

2012년 4월 국가직 9급 공채시험에서 1.5점 차이로 떨어졌다. 5월 지방직 9급 공채시험에서 1점 차이로 떨어졌다. 6월 서울시 9급 공채시험은 아예 과락이 나왔다(변명이 아니라 이 당시 서울시 시험은 비공개라 극악의 난이도를 자랑했다. 물론 합격자도 있었다).

정말 끝이라고 생각했다. 당시 내 나이는 벌써 30살이었다. 공장 생산직으로 눈을 돌려 취업을 준비하려고 했다. 외삼촌한테 전화를 드렸더니 점수가 너무 아깝다며 한 번만 더 준비해 보자고 하시면서, 네 엄마에게 말해서 지원을 받아 보면 어떻겠냐며 월 100만 원씩 지원해 주라고 하겠다고 하셨다. 고민이 됐다. 1~2점 차이로 떨어져 장수생이 된 사람이 한둘이 아니었다. 만약에 한 번 더 했다가 또 떨어지면? 그땐 30살이 넘는다. 쉽게 결정할 수 있는 문제가 아니었다.

외삼촌의 계속된 설득으로 어렵게 엄마에게 전화했다. 외삼촌께서 먼저 전화를 넣어주셨던 터라 요점만 간단히 말했다. 그동안 공무원 시험을 준비하고 있었고 학원비 정도만 지원해 주면 나중에 갚겠다고 하자, 엄마가 월 100만 원씩은 어렵고 40만 원씩 지원해 주겠다고 했다. 40만 원이면 독서실을 등록하고 한 과목 들으면 굶고 다녀야 하는 돈이었다. 더 달라고 하고 싶었지만 자존심이 허락하지 않았다. 40만 원씩 지원받기로 하고 다시 공무원 시험을 준비했다.

당시 PMP라고 동영상을 보는 전자기기가 있었는데 중고로 싸게 사서 실강 대신 좀 더 저렴한 인터넷 강의를 듣기로 했다. 다만 게을러지지 않도록 노량진에서 공부를 계속하면서 독서실도 조금은 소음이 있고 저렴한 곳으로 옮겼다. 아침 8시부터 밤 10시까지 오전엔 인터넷으로 강의를 듣고 오후엔 복습을 했다. 책 어디에 무슨 내용이 있는지 알 정도로 달달 외웠다. 아침저녁으로 노량진을 왔다 갔다 하는 1호선 지하철에서는 영어 단어를 외웠다. 집에서 잠들기 전까지는 손에서 잠시도 책을 내려놓지 않았고, 잠시 산책하며 쉴 때도 공부했던 내용을 정리하며 걸었다.

시험을 준비하던 중 2012년에 선택 과목이 도입됐다. 고등학생도 공무원 시험에 쉽게 진입할 수 있도록 선택 과목으로 사회, 과학, 수학을 추가하고 행정학, 행정법이 선택 과목으로 변경됐다. 그리고 조정 점수도 도입되었는데 선택 과목 간의 난이도 조절을 위해 신설된 제도였다. 이 제도의 도입으로 난이도에 따라 점수 분포에 따라 한 과목에서 높은 점수를 맞아도 조정 점수를 적용하면 점수가 낮아질 수도 있었다. 갑자기 바뀐 시험 과목과 조정 점수 도입으로 혼란스러웠다. 하지만 1년을 행정학과 행정법으로 공부했는데 이제 와서 과목을 바꿀 수도 없었다.

불행 중 다행인지 선택 과목 도입으로 공무원 시험이 몇 개월 미뤄지고, 극악의 난이도를 자랑하던 서울시 9급 공채시험이 비공개에서 공개로 전환됐다. 당시 강사들이 말하길 뭔가 제도에 변경이 있을 때 시험 문제의 난이도는 선례가 없어 기준이 없기 때문에 모두가 어렵든가 모두가 쉽든가 둘 중에 하나로 된다고 했다. 나는 이번이 정말 마지막이라고 생각했기 때문에 툭 치면 답이 툭 나올 정도로 책이 너덜너덜해질 때까지 봤다.

다음 해 2013년 7월에 본 국가직 공채시험 가채점 결과가 별로 좋지 않았다. 8월에 지방직 공채시험까지 보긴 했지만, 국가직 공채시험 가채점 충격이 컸던지라 지방직 공채시험은 가채점도 하지 않았다. 영어 답안지를 밀려서 체크한 것 같았다. 절망적이었다. 지방직 공채시험과 서울시 공채시험은 2주 차이였다. 더 이상 공부를 하는 건 무의미했기 때문에 그동안 공부했던 내용을 A4용지 한 장으로 정리하면서 시간을 보냈다. 최초로 공개로 전환된 서울시 공채시험은 국어가 극악의 난이도였지만 다른 과목은 그냥저냥 풀 수 있었다. 국어가 망했기 때문에 역시나 가채점을 하지 않았다.

지방직 9급 공채 필기시험 결과 발표가 10월에 나왔다. 기대도 안 하고 전날에 술을 마시고 느지막이 일어나 10시쯤 확인한 합격자 발표란에 내 수험 번호가 정확히 기재되어 있었다. 몇 번을 확인해도 내 수험 번호가 맞았다. 눈물이 나왔다. 엄마에게 바로 전화를 했다.

"엄마, 나 붙었어."
"아이고, 내 새끼. 징하다! 장해!"

엄마도 울고 나도 울고 그날 우린 간만에 한마음이었던 것 같다. 가채점도 하지 않고 처박아 뒀던 시험지를 채점해 보니 조정 점수를 적용하지 않고 평균 91점이었다. 내친김에 서울시 공채시험지도 채점해 보았는데 조정 점수를 적용하지 않고 평균 90점이었다. 서울시도 합격하는 건가? 떨리는 마음을 진정시켰다.

곧바로 면접 준비를 거쳐 최종 합격했다. 그리고 바로 2주 뒤 11월에 임용이었기 때문에 급하게 그 지역에 고시텔을 얻어 들어갔다. 연인과는 장거리 연애를 시작하게 됐다. 합격한 지자체에서 임용식을 개최해 줬고 나는 엄마와 아빠를 모시고 임용식에 참석했다. 내가 그 지역 수석 합격자였기 때문에 제일 처음으로 임용장을 수여받았다. 엄마는 계속 울고 있었다. 엄마가 조용히 속삭였다.

"죽지 않고 살아있으니 이런 것도 보는구나."

지금은 그곳에서 의원면직(사직)을 하고 서울시 한 자치구에서 근무를 하고 있지만 임용식을 열어 줬던 것에 대해 진심으로 감사했다. 몇 년간 하지 못했던 효도를 일시불로 치른 것 같았다. 그리고 그 지역에서 근무하던 중 서울시 9급 공채 필기시험 합격자 발표가 11월에 나왔다. 서울시도 붙었다. 두근거렸다. 주말마다 서울로 올라갔다 내려오기를 반복했다. 그리고 서울시 9급 공채시험 인적성 검사와 면접을 거쳐 최종 합격했다.

2014년 1월부터 서울시 공무원으로서의 생활이 시작되었다.

8년 차 공무원

8년째 공무원으로 근무하는 동안 많은 일들이 있었다. 부모와의 관계가 점점 일그러질수록 나는 공무원이라는 조직 사회에 점점 적응해 갔다.

처음 공무원으로 입직했을 때 구청의 과태료 부과 부서로 발령받았는데, 그중 나는 과태료를 부과받은 주민들에게 과태료 부과에 대한 의견 진술을 받는 업무를 맡았다. 과태료를 부과받은 주민들 대부분은 화가 나서 사무실로 찾아왔다. 보통은 빼 달라고 사정이 있었다고 하지만 이미 부과된 과태료를 빼 주는 재량권은 공무원에게 없었다. 한번은 5일간 매일 같은 시간에 전화해 1시간씩 통화하며 이미 독촉고지까지 받은 과태료를 빼달라고 소리를 지르는 민원인도 있었다. 또 어떤 민원인은 사무실로 들어오자마자 웃옷을 벗어 던지며 "난 더 이상 잃을 게 없어! 다들 총으로 쏴 죽여 버릴 테니까!"라고 소리치는 일도 있었다.

첫 부서였던 구청 과태료 부과 부서 다음으로 동주민센터에서 근무한 뒤 다시 구청으로 발령받았다. 당시 구청의 복지 부서로 발령받았는데 일반 행정직임에도 불구하고 복지 부서로 발령받는 경우가 꽤 많았다. 처음 겪는 복지 분야는 정말 다양하고 광범위했고, 복지 부서다 보니 과태료 부과 부서만큼 다양한 민원인이 찾아왔다. 한번은 출소자가 찾아온 적이 있었다. 출소자의 경우 일정 기간 기초 생활 수급자로서 사회에 적응할 수 있도록 지원을 해 주는데, 그 출소자는 기초 생활 수급자로는 부족하다며 불우 이웃 돕기 성금을 해 달라는 등 그 밖에 더한 것들을 요구하면서 큰소리를 치고 사무실을 뛰어다녔다. 그러다 팀장님이 나서자 갑자기 무릎을 꿇더니 도와 달라고 생떼를 쓰다가 경찰이 오고 나서야 조용히 나갔다. 그 뒤로도 보일러가 고장 났다, 기름이 떨어졌다 등등 몇 번은 더 찾아왔다.

복지 부서 다음으로 발령받은 부서에서 현재까지 근무하고 있는데 근무하는 동안 기억에 남는 일이 있다. 어르신 한 분께서 전화를 주셨는데 한글 공부를 하고 싶다고 하셨다. 성인문해교육을 타 기관에서 공모해 진행하고 있었던 때라 거기에 한번 문의해 보시라고 하니 거긴 이미 정원이 다 차서 접수를 할 수가 없다고 하셨다.

"내가 공부를 하고 싶은데 집에만 있으니까 우울증에 걸릴 것 같아."

우울증이라는 단어에 반응한 걸까? 바로 다시 전화를 드린다고 하고 복지 부서, 어르신 복지 부서 등에 전화해서 문의해 봤지만 어르신을 도와드릴 방법이 없었다. 결국 인터넷으로 검색해서 나온 성인한글교육 학원을 찾아 그 번호를 알려드렸다. 유료이긴 하지만 상담을 한번 받아 보시라고 했다.

다른 사람의 우울증에 민감하게 반응하고 있는 나를 발견했다. 나 자신의 우울증도 어찌하지 못하면서…….

다행히 공무원으로 근무하면서 우울증을 잠시 잊을 수 있었다. 공무원으로 출근하는 것이, 사무실 사람들을 만날 수 있다는 것이 즐거웠다. 업무에 집중하면 시간이 잘 갔다. 가족을 생각할 틈이 없었다. 다만 그럼에도 다 떨쳐 내지 못한 우울감은 그 공백을 파고들었다. 아침에 출근하기 싫을 때 아파트 고층을 바라보며 뛰어내릴까 생각했고, 업무 중에 뭔가 계획대로 안 되거나 막히면 구청 옥상에서 뛰어내리고 싶었다. 아침에 일어나기 힘들 정도로 무기력할 때도 많이 있었다. 다행스럽게도 공무원은 업무에 큰 지장만 없으면 연가 사용이 자유로웠다. 그래서 나는 종종 연가를 내고 하루 종일 침대에 멍하니 누워서 눈물만 줄줄 흘렸다.

공무원은 은근히 내 적성에 맞았다. 공무원은 한곳에서 오래 일을 하지 않고 2~3년에 한 번 부서를 옮기는 순환 근무제라는 것, 원리 원칙대로 일을 할 수 있다는 것, 업무에 따라 정시에 출퇴근을 할 수 있다는 것, 외부에서 생각하는 것만큼 조직이 권위적이지 않다는 것 등 꽤 만족하고 있다. 하지만 또라이 질량 보존의 법칙이라던가? 사무실에 또라이는 언제나 존재하고 또라이가 없다면 내가 또라이일 가능성이 높다는 법칙인데, 사무실에서 또라이를 자주 만나지 못한 나는 아마 내가 또라이일 수도 있겠다는 생각을 하곤 했다.

오래전부터 나는 내가 정신병자가 아닐까 생각했다. 내가 생각하는 것이 정상인지, 내가 느끼는 감정이 정상인지에 대해 늘 고민했다. 혹여나 별것 아닌 일로 내가 유난을 떠는 게 아닌 건지, 정말 엄마 말대로 다른 집 애들은 더 어려운 환경에서도 밝게만 자라는데 내가 유난인 건지 나는 언제나 헷갈렸다. 생각하고 또 생각했다. 이런 게 습관이 돼서 나는 좀 신중한 편이 되었는데, 그러다 보니 생각을 너무 많이 해 결국엔 파국으로 치달았다. 그래서 요즘엔 또 생각을 많이 안 하는 연습을 하고 있다.

처음 공무원이 되었을 때 '국민을 위해 봉사하는 공무원이 되겠다'고 다짐했던 것이 기억난다. 공무원이 되고 힘들어지면 가끔 노량진으로 가서 기분 전환을 했다. 수험 교재를 들고 다니는 공시생들을 보며 '나도 저랬었는데 공무원이 되다니……' 감개무량해 했다. 공시생 시절은 집을 떠나 가장 힘들었던 시기였다. 가장 힘들었던 그 시기를 넘기고 나니 그 힘들었던 시기가 좋은 기억으로 남았다.

지금 내가 이렇게 힘든 시기를 보내는 것도 지나고 나면 좋은 기억으로 남을까?

풀리지 않는 매듭 하나

비가 하루 종일 추적추적 내렸다. 봄비치고는 비가 많이 내리고 날도 쌀쌀했다. 오후 5시, 심리 상담이 있어 퇴근한 연인과 함께 병원을 방문하여 진료 접수를 하고 상담실로 들어갔다.

이번 상담 시간에는 자살 시도를 하게 된 과정에 대해 말했다.

"선생님께서 제가 겪었던 일들을 구체적으로 부모님한테 전달하라고 하셨잖아요? 그래서 그동안 겪었던 일들을 말하고 그에 대해 사과도 받았어요. 그런데 답답함이 사라지지 않았어요. 할 수 있는 건 다 했는데도 여전히 답답했어요. 그래서 생각했어요. 아, 문제는 나구나. 내 존재 자체가 문제구나. 그래서 자살을 시도했어요."

"그렇군요. 제가 생각할 때 유라 씨는 머릿속에 너무 명확한 틀이 있는 것 같아요. 그 틀을 벗어나면 용납이 되지 않는 거예요. 문제를 말하고 사과를 받았고 그럼 답답함이 없어져야 하는데 답답함이 사라지지 않으니 지금 이 상황은 유라 씨가 정해 놓은 틀에서 벗어났다고 생각하는 거예요. 가끔은 틀에서 벗어나도 돼요."

"저도 마음은 그러고 싶은데 잘되지 않아요. 머릿속에 매듭진 실이 여러 개 있는데 하나씩 다 찾아서 풀었는데도 매듭 하나가 숨어 있는 기분이에요. 그걸 찾아서 풀면 속이 시원해질 거 같은데 찾지 못해서 답답한 거 같아요. 그걸 찾는 과정에서 다른 실도 다 엉켜 버리고 있어요. 고장 난 나사를 찾아서 고쳐야 하는데 그 나사를 찾지 못해도 그 상태로도 잘 돌아가요. 그냥 찾지 말아 버릴까요?"

"그래도 되죠."

"그거 말고는 제가 더 이상 할 수 있는 게 없어요. 지금 뭘 해야 할지 모르겠어요."

"뭘 꼭 해야 하나요? 아무것도 하지 않아도 돼요. 유라 씨가 할 수 있는 건 다 했어요. 잘해 드리기도 했고, 울면서 유라 씨의 마음을 털어놓기도 했고, 설득해 보기도 했고, 연을 끊어보기도 했고, 겪었던 일을 말하기까지 했어요. 할 수 있는 건 다 했어요. 이제 공은 부모님께 넘어갔어요. 괴로워하든 망각하든 이제 그쪽에서 감당할 일이에요. 유라 씨가 뭘 더

하지 않아도 돼요."

심리 상담 선생님의 말씀 중에 내가 할 수 있는 건 다 했다는 부분에서 갑자기 후련함을 느꼈다. 그래, 내가 할 수 있는 건 다 했다. 더 이상 할 수 있는 게 없었다. 뭘 해야 할지 모르겠던 것은 다 해 봤기 때문이었다. 이것저것 다 해 보았으니 이제 미련을 버려야 했다.

"그리고 어머니가 유라 씨를 더 사랑했는지에 대해서 생각해 봐야 할 거 같아요. 유라 씨가 딱히 손이 많이 가는 아이도 아니었고 야무지고 말도 잘 듣는 자식인데 부모도 사람인지라 아무래도 그런 자식이 더 예쁘죠. 저도 그런데요 뭐. 유라 씨가 사랑받은 건 단순하게 생각하면 그만큼 키우기 쉬웠다는 말이에요. 물론 커서는 어머니와 다투기도 했지만 제 생각에 유라 씨의 안 좋은 면까지 감싸고 희생해 가면서까지 특별하게 사랑을 쏟으셨다는 생각은 들지 않네요."

심리 상담 선생님께도 내가 엄마를 더 사랑하는 것 같다는 말을 들었다. 의사 선생님, 심리 상담 선생님 두 전문가에게서 같은 말을 두 번 들으니 이제 인정할 수밖에 없었다.

소위 자식에게는 부모가 세상의 전부라고들 한다. 나 역시도 엄마가 내 세상의 전부였다. 내 외사랑을 인정한다. 엄마의 사랑을 받고 싶어 몸부림치던 나를 인정한다. 뿌옇게 안개로 덮여 형체를 모르겠던 것이 점점 형태를 잡아가고 명확해졌다.

이번엔 심리 상담 선생님께서 돌아오지 않는 애정을 갈구하는 것을 그만하라고 하셨다. 엄마는 내가 원하는 형태의 애정을 돌려줄 능력이 없다고 했다. 엄마의 애정은 돈이며 희생은 피 같은 돈을 나눠 준다는 건데 그 희생의 방향은 내가 아니라 집안의 두 남자라고 했다. 그리고 내가 원하는 건 돈이 아닌데 엄마로부터의 애정을 갈구했더니 돌아오는 건 돈을 준다는 말이지 않았냐며 두 사람이 생각하는 애정의 차원이 완전 다르고 바라는 게 다르니 궁합이 안 맞는 거라고 했다. 이제는 수긍할 수밖에 없었다.

외사랑

외사랑은 어떻게 끝내야 하는 걸까? 자식이 부모를 외사랑할 때는 어떻게 해야 하는 걸까? 천륜의 연을 끝내는 것과는 달랐다. 외사랑은 "이제 부모를 사랑하는 걸 그만두겠어요"라고 한다고 끝내지는 게 아니었다.

7급으로 승진했을 때 그때도 부모와 연락을 두절했던 시기였던 터라 유일하게 외삼촌에게만 전화를 드렸다. 축하한다는 간단한 말씀과 함께 집에는 알렸냐고 물어보셨다.

"아니요."
"너 승진했다는 소리 들으면 자리에서 벌떡 일어날 만큼 좋아할 텐데……."
"외삼촌, 저라고 왜 부모님께 말씀드리고 싶지 않겠어요. 저도 부모님한테 축하받고 싶어요. 이 소식을 들으면 얼마나 기뻐하시겠어요. 하지만 외삼촌도 아시잖아요. 다시 연락드릴 수 없어요. 이거 다시 시작하면 저 못 견뎌요. 마음대로 기대하고 비교하고 실망하고 욕하고 끝이 안 나요. 엄마와 아빠가 분명히 있는데 고아가 된 느낌이에요."

"그래, 네 맘을 왜 내가 모르겠니. 잠깐 통화하는 나도 네 엄마랑 통화하다 보면 미칠 것 같은데……. 세상 사람들 다 너 욕해도 나는 언제나 네 편이다. 그래도 너 승진한 건 내가 네 엄마한테 말하마."

공무원에 합격했을 때 엄마의 자랑스러운 딸이 된 것에 기뻤다. 엄마와 나의 모든 갈등이 해결될 줄 알았다. 엄마가 투병 중일 때 병간호를 다 하지 못한 것을 만회하고 싶었고, 돈이 있어도 쓰지 못하는 부모에게 모든 걸 다 해 주고 싶었다. 옷도 사 드리고, 여행도 보내 드리고, 맛있는 것도 사 드리고, 남은 인생 행복하게 해 드리고 싶었다.

공무원 시험에 합격한 후 집에 내려가 정식으로 엄마에게 용서를 구한 적이 있었다.

"엄마, 엄마 병원에 있을 때 가 보지 않아서 미안해. 내가 정말 잘못했어. 엄마가 나를 용서하지 않는다고 해도 할 말이 없어. 그래도 앞으로 엄마한테 못 해 줬던 거 다 해 줄게. 엄마 마음이 풀릴 때까지 할 수 있는 건 다 해 볼게."

"아니다. 아니야. 네가 공무원 되면서 엄마는 너 다 용서했다. 이제 엄마는 당장 죽어도 여한이 없어."

그러고는 엄마와 얼싸안고 울었다. 나는 드디어 엄마와 오랫동안 쌓인 감정을 풀고 행복하게 잘 지내는 일만 남았다고 생각했다. 물론 그렇지 못했다. 이후로도 엄마와의 갈등은 계속되었다.

공무원은 연초에 복지 포인트라는 것을 받는데 지자체마다 다르지만 평균 연간 100~150만 원대로 건강, 여행, 레저 등의 용도로 사용할 수 있는 금전적인 복리 후생 제도다. 공무원이 되고 처음으로 복지 포인트를 받자마자 나는 부모에게 당시 유행이던 등산복 스타일의 옷을 선물해 드렸다. 그리고 연간 복지 포인트 1/3 정도의 금액을 부모를 위해 사용했다. 뿌듯했다. 옷 가게 점원에게 쓸데없이 "우리 딸이 공무원 합격했다고 이렇게 옷을 사 주네요"라고 자랑하는 것이 멋쩍었지만 은근히 기분은 좋았다. 무뚝뚝한 딸이었지만 마음만은 언제나 효도하고 싶고 자랑스러운 딸이 되고 싶다는 걸 알아주었으면 했다. 그건 나의 외사랑이었지만.

공무원 합격증을 가지고 노량진에 한 은행을 방문하면 공무원 합격자 대출을 받을 수 있다고 해서 합격하자마자 합격증을 가지고 그 은행을 방문했다. 대출을 받아서 그동안 나에게 도움을 줬던 사람들에게 빚을 갚고, 1년간 엄마가 40만 원씩 지원해 준 것도 갚았다. 그리고 여태껏 날 키우느라 고생하신 걸 보답하고 싶어 적은 돈이지만 최대한도였던 1,500만 원을 대출받아 엄마에게 바로 드렸다. 엄마는 아무 의심 없이 그 돈을 받았다. 공무원에 합격하자마자 그 돈이 하늘에서 떨어졌을 리가 없는데 엄마는 한 치의 의심도 없이 그 돈을 받았다. 그러다 뭔가 생각났는지 예전에 전세금 2,000만 원을 빼서 보내라고 했을 땐 진짜 돈이 급해서 그랬다면서 물어보지도 않은 질문에 답을 했다.

서울시 공무원이 되고 얼마 뒤 설 명절이어서 명절 상여금을 받았다. 100만 원이 조금 넘는 돈이었다. 그 돈으로 설 명절 선물을 사고 현금 20만 원을 준비해 대전 집으로 명절을 쇠러 갔다. 3일을 그곳에 있었는데 첫째 날엔 재래시장에 가서 장도 보고 명절 음식도 준비하고 저녁으로 한우도

구워 먹었다. 둘째 날엔 전날 준비한 명절 음식을 먹으며 윷놀이도 하고 맥주도 마시며 즐거운 시간을 보냈다. 마지막 셋째 날에는 올라가기 위해 짐을 싸는데 엄마의 얼굴이 점점 어두워졌다. 내가 올라가서 섭섭해서 그런 줄 알고 무뚝뚝한 나는 별말 없이 짐만 쌌다. 짐을 다 싸고 가기 전에 현금 봉투를 건네 드리려고 했는데 엄마가 거실에서 울고 있었다. 정확히는 기억나지 않지만 어떻게 첫 명절에 집에 오면서 빈손으로 오냐는 내용이었는데 울며불며 나에게 화를 냈다. 그 순간이 정말 끔찍했다. 온 정이 떨어졌다.

나는 가는 날에 드리려고 했다고 말하며 가방에서 봉투를 꺼냈다. 엄마의 민망한 표정이 고스란히 드러났다. 그날 나는 '현금은 무조건 집에 도착하자마자 드릴 것'이라는 큰 교훈을 얻고 집을 나섰다. 나중에 서울로 올라온 뒤 엄마에게 전화가 왔다. "아니, 나는 네가 우리한테 1,500만 원 주고 이제 우리랑 연 끊으려고 하는 줄 알았지"라며 또 한 번 내 속을 뒤집어 놓았다. 어이가 없었다. 나의 외사랑이 또 한 번 바닥으로 처박혔다. 나를 그렇게밖에 생각 안 하다니. 이제 와서 생각해 보면 나를 그렇게밖에 생각을 안 한 게 아니라 엄마의 사고가 거기까지밖에 다다르지 못한 거였다. 엄마는 돈이 최고의 사랑 방식이었으니까.

슬프게도 나는 이렇게 엄마에게 당하고도 아직 엄마를 사랑하고 있다. 상처받은 나를 치유하고 싶어서 쓰기 시작했던 글은 어느새 엄마를 향한 나의 외사랑을 끝내기 위한 글이 되었다. 내 외사랑은 끝나야 한다. 그래야 내가 살아갈 수 있다.

질병 휴직계

2019년 겨울, 7급으로 승진한 후 6개월의 질병 휴직계를 제출했다. 승진 발표 이후 휴직계를 제출한 터라 인사 담당자가 잔뜩 화가 나서 전화왔다. 인사 담당자와의 통화를 끝내고 자리에 돌아와 인사 담당자에게 그간의 일들을 적어 장문의 쪽지를 보냈다. 눈물이 줄줄 나왔다. 일하다 말고 눈물을 훔치며 급하게 자리를 떴다. 인사 담당자에게 핸드폰으로 전화가 왔다.

"주임님, 많이 힘들었죠? 제가 잘 몰라서 주임님한테 한소리를 했어요. 미안해요."
"아닙니다. 주임님도 제가 갑자기 휴직계를 내서 화가 나셨을 텐데 제가 죄송합니다."
"주임님이 낸 질병 휴직계는 인사 팀장님께 잘 말씀드려 처리할게요. 고생 많았어요."

인사 담당자의 따뜻한 위로에 또 한참을 울다가 사무실로 들어갔다. 공무원으로 근무한 지 6년 만에 6개월이라는 긴 휴가를 얻었다. 휴직 기간 동안은 평온한 나날이었다. 어렵게 얻은 휴직 기간을 잠으로 허비할까 봐 회사에 다닐 때처럼 자고 일어나는 시간을 규칙적으로 정했다. 화요일과 목요일은 오전에 영어 회화 스터디를 다녔고, 수요일은 심리상담과 정신과 진료를 받았다. 그리고 나머지 시간은 대부분 클라이밍 장에 있었는데, 당시 나는 클라이밍의 매력에 푹 빠져 있었다.

클라이밍을 처음 시작한 건 몇 년 전이었다. 클라이밍을 하는 동안은 아무 생각이 안 들었는데, 한번 가면 2~3시간은 금방일 정도로 시간이 잘 갔다. 또, 클라이밍은 목표가 명확하고 탑을 찍을 때 성취감을 느낄 수 있어서 그동안 했던 운동 중에 제일 재미있었다. 클라이밍에는 지구력과 볼더링이 있는데 지구력은 긴 루트와 장기적인 근력을 쓰고, 볼더링은 지구력과는 반대로 짧은 루트와 순간적인 근력을 많이 사용하면서 몇 개의 정해진 홀드로 탑까지 올라가는 건데 이게 진짜 재밌었다. 수십 번을 시도해서 탑을 찍으면 기분이 최고였다. 그래서 처음엔 지구력으로 시작해서 나중엔 볼더링을 주로 했다.

기회가 돼서 자연암벽도 탄 적이 있었다. 자연암벽은 더 재미있었다. 차갑고 까칠한 바위의 감촉이 손에 닿으면 나도 모르게 손에 힘이 들어가고 빨리 올라가고 싶었다. 저기만 통과하면 몇 번의 동작을 더 할 수 있을 것 같은 생각에 오기가 생기기도 했다. 하지만 나는 민폐 캐릭터였다. 자연암벽이나 인공암벽을 타려면 클라이머*와 빌레이어*가 한 조로 등반하는데 나는 빌레이*를 잘 못 봤기 때문에 클라이밍 파트너가 생기지 않았다. 빌레이어는 클라이머의 목숨줄을 잡고 있기 때문에 빌레이에 서툰 나와 파트너를 하려는 클라이머는 나오지 않았다. 인공암벽이고 자연암벽이고 갈 때마다 다른 분들에게 빌레이만 맡기게 되는 나는 민폐가 되는 것 같아 점점 의기소침해졌다. 점점 클라이밍 장을 갈 때마다 마음이 무거워졌다. 그즈음에 코로나19가 터졌고, 나는 잠시 클라이밍 장에 다니는 걸 그만뒀다.

* 특별한 기술과 로프, 피톤, 카라비너 같은 특수 장비를 갖추고 산을 오르는 사람.

* 등반할 때 뒤따라 올라오는 사람들을 위해 로프를 다루는 사람.

* 암벽등반에서 동행자의 추락을 방지하기 위한 로프 조작 기술.

그게 벌써 1년도 더 된 일이 되었다. 거칠어진 손가락과 손바닥에 박힌 굳은살 그리고 암벽화를 신어 발가락에 생긴 굳은살이 흔적도 없이 사라졌다. 슬슬 클라이밍을 다시 시작하고 싶어졌다. 주말에 카페에서 연인이 "클라이밍 같이 다녀줄까?" 하고 물었다. 참고로 연인은 클라이밍을 별로 좋아하지 않는다. 일단 암벽화를 신으면 발을 아파했고 고소공포증도 있어서 높이 올라가는 걸 싫어했다. 연인이 빌레이를 봐주면 좋을 것 같다고 늘 생각해 왔던 나는 냅다 고개를 끄덕였다. 연인이 빌레이를 봐주면 나도 클라이밍 파트너가 생기고 자연암벽에 나갈 수 있다는 사실에 기분이 좋아졌다.

본인이 싫어하는 걸 나를 위해서 해 주겠다는 연인이 너무 고맙다. 늘 하는 말이지만 연인이 없었으면 난 진작에 스스로 목숨을 끊었을 것이다. 거짓말이 아니다. 연인이 없었으면 난 서른, 아니면 그전에라도 자살을 했을 것이다.

효도

공무원이 된 후 부모의 태도는 확연히 달라졌다. 예전처럼 나를 함부로 하진 않았지만 "공무원 되더니 지 부모를 무시한다"라고 했다. 정말 끝나지를 않는다. 어디까지 받아 줘야 할까. 어디까지 참아야 할까.

자랑스러운 딸에서 부모를 무시하는 딸이 되기까지 1년이 걸리지 않았다. 하지만 엄마가 자가조혈모세포이식할 때 병원에 한 번도 가지 않았던 원죄를 용서받기 전까지 나는 입이 열 개라도 할 말이 없었다. 내가 잘해 드리다 보면 언젠간 마음이 풀리고 용서해 주겠지 생각했다.

공무원이 된 그해 여름, 부모를 모시고 제주도 여행을 갔다. 너무 좋아하는 모습에 나도 마음이 좋았다. 제주도 쇠소깍도 보러 가고 주상절리도 보러 갔다. 동문시장에 들러 전복을 사다 회도 뜨고 거나하게 저녁도 차려 먹었다. 내가 자는 동안 엄마와 아빠는 성산 일출봉도 다녀왔다. 예전 같으면 게을러터져서 아침에 일어나지도 못한다고 한소리를 들었을 텐데 이번 여행에서만큼은 자랑스럽고 사랑스러운 딸이었다.

그리고 2016년 봄, 중국 명산에 다녀오고 싶다는 엄마의 말에 장가계 패키지 여행을 예약했다. 만약에 가이드가 쇼핑이나 옵션을 강요하며 불친절한 태도라도 보이면 엄마가 욱해서 여행을 망칠까 봐 노쇼핑 노옵션으로 타 여행 패키지보다 비싼 고가의 패키지를 예약했다. 신경을 쓴 덕분인지 다행히 여행 내내 너무 좋아하는 엄마와 아빠의 모습에 마음이 충만해졌다. 하지만 한 가지 문제가 생겼다. 가족끼리 제주도를 다녀왔을 때와는 다르게 패키지는 다른 일행이 있다는 것이 문제였다. 엄마는 아빠가 입만 열면 무식한 거 티 난다고 다른 사람하고 얘기도 못 하게 했다. 계속 눈을 흘기고 눈치를 줬다. 여행도 왔으니 적당히 하라고 해도 엄마는 멈추지 않았고 4박 5일간 여행하는 동안 둘이 백 번은 싸운 것 같다. 우여곡절 끝에 어렵게 여행을 마치고 귀국했다.

그해 가을, 엄마의 환갑이 있어 지난 2년간 한 달에 10만 원씩 들었던 적금을 깨서 200만 원을 마련해 놓았다. 엄마의 환갑에 초대할 친척이 많은 것도 아니라서 대전 이모들 가족과 외삼촌 가족을 초대해 한정식집에서 조촐하게 환갑잔치를 했다. 그 자리에서 현금으로 200만 원이 들어 있는 봉투를 전해 드렸다. 엄마는 세상을 다 가진 것 같다는 행복한 표정을 지었고 친척들의 칭찬이 폭포처럼 쏟아졌다. 뿌듯했다.

며칠 뒤, 엄마에게 전화가 왔다.

"너 누가 너한테 돈 달라고 했냐! 그까짓 여행 보내 주면 효도 다 한 거니? 내가 언제 여행 보내 달라고 했어? 그까짓 여행 보내 주고 돈다발 안겨 주면 아이고 고맙습니다 이러면서 고개라도 조아릴 줄 알았냐! 그저 남들처럼 전화 한 통씩 달라는 게 네 애미가 바라는 전부인데 그게 그렇게 어렵디? 어? 엄마한테 전화하는 게 그렇게 어려워! 너 돈 좀 벌더니 돈으로 효도하냐!"

마른하늘에 날벼락이었다. 정신도 못 차리게 쏟아지는 악담에 눈물이 왈칵 쏟아졌다.

“엄마, 내가 무슨 돈으로 효도를 해. 남들이 들으면 웃어. 내가 뭐 돈 몇 천 버는 줄 알겠다. 그거 아니야. 엄마 마음 풀어. 나 원래 남들한테도 전화 잘 안 해. 그냥 내 성격이 그래. 엄마 마음 상했으면 미안해. 앞으로 전화 자주 하도록 노력할게.”

울먹이면서 달래니 엄마의 화가 누그러들었다. 그리고 오늘도 역시 아빠와 동생의 욕으로 통화가 끝났다. 대체 언제 끝나는 걸까. 전화할 때마다 아빠와 동생, 주변 사람들 험담을 해대니 전화하고 싶을 리가 없었다. 점점 더 전화하기도 대전 집에 내려가기도 싫어졌다.

며칠 뒤 다시 엄마에게 전화가 왔다.

“네가 날 학대했다. 기가 막힌다. 너 병원에 날 버려두고 방치했지? 그거 다 학대야. 네가 나를 학대했어!”

미디어에서 노인 방임 학대와 관련된 기사를 본 듯했다. 어이가 없어 서둘러 전화를 끊었다. 엄마가 바라는 자랑스러운 딸이 되고 싶었지만 어디서부터 잘못된 걸까? 어디까지 해야 하는 걸까? 결국 3년 만에 난 지치고 말았고 죄책감이 나를 뒤덮었다. 엄마는 평생 나를 위해 본인이 하고 싶은 거 다 참아가며 날 키웠다. 반면 나는 엄마 병간호도 제대로 하지 못했는데 겨우 3년 만에 지쳐버렸다.

그 뒤로 생각이 날 때마다 엄마에게 전화했다. 엄마의 마음이 풀릴 때까지 내가 할 수 있는 건 다 해 보려고 했다. 그래 봤자 해 드릴 수 있는 게 얼마 없었지만 그래도 엄마라면 내 마음을 알아줄 거라 생각했다. 물론 다 부질없는 짓이었지만.

문득 지금 내가 하고 있는 노력이 윈도우 시스템 조각 모음 같다는 생각이 들었다. 조각 모음은 컴퓨터 용량이 부족할 때 마지막으로 해 보는 몸부림이다. 조각 모음을 하는 데 시간이 소요되는 것에 비해 용량은 그다지 늘어나지 않는다. 하지만 컴퓨터의 용량이 부족하면 부질없는 줄 알면서도 시스템 조각 모음을 한다.

나는 지금 기억 조각 모음을 하고 있다. 과연 내가 얼마나 나아질지는 모르겠지만 마지막 몸부림으로 기억 조각 모음을 하고 있다. 이 작업이 끝난 뒤 내 감정 용량은 얼마나 늘어나 있을까?

폭언

2017년 추석이었다. 명절이라 집에 내려가긴 했지만, 집에 내려가는 걸 좋아하지 않았다. 집에 내려가 봤자 또 지겨운 부부 싸움을 봐야 했고 그걸 보고 있자면 감정 소모가 너무 심했기 때문이다. 소파에 앉아 시큰둥하게 TV를 보다가 이렇게 명절을 보내기는 그래서 전주 한옥마을에 가자고 했다.

내가 아빠 차를 운전해서 전주에 갔다. 전주 시내에 들어서서 1차선으로 계속 운전을 하고 있었는데 아빠가 초행길에선 2차선으로 운전을 해야 한다고 했다. 차선을 잘못 들면 차선 변경을 하면 되니까 그냥 1차선으로 운전하고 있었다. 그러다 갑자기 1차선이 좌회전 차선으로 변경되고 나는 직진을 해야 하는 상황이어서 차선 변경을 위해 잠시 정차했다. 거기서 일이 터졌다.

엄마가 "그러게, 아빠가 2차선으로 가라고 할 때 2차선으로 옮기지"라고 말했고, 그 말에 나도 모르게 한숨을 푹 내쉬었다. 그 순간 엄마가 폭발했다. "애미가 그런 말도 못 하냐! 집에 와서 계속 인상이나 푹푹 쓰고 있고 자식새끼 눈치 보여서 어디 말이나 하고 살겠니!" 폭발한 엄마는 울며불며 쉽게 진정하지 못했다. 아빠는 여전히 방관자였다. 어렵사리 전주 한옥마을 입구 지하 주차장에 주차를 하고 올라오는 엘리베이터 앞에서 엄마는 아빠에게 폭언을 이어갔다.

"개처럼 먹을 것 준다니까 따라다니냐? 어?"

엘리베이터를 타고 올라와서도 계속 아빠에게 개처럼 먹을 것 준다니까 쫓아다닌다며 주변 사람 신경 안 쓰고 울면서 폭언을 멈추지 않았다. 한쪽으로 엄마를 데리고 가서 "엄마, 그런 거 아니야. 기왕 전주까지 왔으니까 재미있게 구경하고 올라가자"라고 달래도 소용이 없었다. 어쩔 수 없이 전주 한옥마을은 구경도 못한 채 다시 차로 돌아와 대전으로 향했다. 아빠는 엄마의 폭언에 지쳐 잠들고 엄마도 제풀에 지쳐 잠이 들었다. 운전을 하는 나만이 깨어 있었다. 올라오는 길에 작은 교량을 지나갔는데, 핸들을 틀어 세 가족 모두 이대로 죽어버릴까 생각했다.

무슨 정신으로 대전까지 올라갔는지 모르겠지만 무사히 대전 집에 도착했다. 그리고 바로 짐을 싸서 서울로 올라갈 준비를 했다. 내가 짐을 싸고 있으니 엄마가 와서 부모가 자식한테 한마디 했다고 그렇게 짐 싸서 휙 올라간다며 또 한 번 화를 냈다. 이미 엄마의 폭언에 지친 나는 대꾸할 힘도 없어서 그냥 집을 나와 버렸다. 그리고 나는 부모와 두 번째로 연을 끊었다.

가족 심리 상담

두 번째 연을 끊고 그렇게 올라온 다음 해에 설 명절을 앞두고 엄마에게서 문자가 왔다. 모든 걸 다 용서할 테니 집에 내려오라고 했다. 다시는 병원 얘기도 안 꺼낸다고 했다. 나는 처음엔 거부했지만 암 투병 중인 엄마 때문에 마음이 약해졌다. 대신 나는 대전의 한 심리 상담소에서 만날 것을 제안했다. 거절할 줄 알았던 엄마가 의외로 쉽게 승낙을 했다. 이번엔 엄마가 급했나 보다. 엄마 마음이 변하기 전에 빠르게 설 명절 전에 가족 심리 상담을 예약했다.

오랜만에 부모를 만나려니 두렵고 떨렸다. 얼마나 늙으셨을지 얼마나 작아지셨을지 부모가 노쇠해지면 자식들이 그 모습을 보고 가슴 아파한다는데 혹여나 나도 그러진 않을지 생각했다. 다행히 상담소에 들어온 부모의 모습은 귀티가 흘렀다. 나는 그동안 마음 졸이며 정신이 피폐해져 가는 동안 부모는 그렇지 않았다는 것에 갑자기 마음 한편에서 분노가 치밀었다.

내 개인 상담이 먼저 진행됐다. 심리 상담 선생님이 뭐가 제일 마음에 걸리는지 물어보셨다.

"엄마가 돌아가신 뒤 아빠를 모시고 사는 거요."
"아버지께서 혼자 생활이 어려우신가요?"
"아니요."
"그럼 왜 아버지를 모시고 살아야 한다고 생각을 하는 거죠?"
"아빠가… 엄마 돌아가신 다음에 남동생 말고 저하고 살고 싶다고 하셨대요."

대전 집에 있었던 어느 날, 아빠가 잠시 외출하고 엄마와 나만 집에 있을 때 안방에서 엄마는 내 손을 꼭 잡으며 말했다. 네 아빠가 엄마 죽으면 너랑 살고 싶다고 하니까 네 애비는 혼자서 할 수 있는 게 하나도 없으니 네가 옆에서 잘 모시고 살아야 한다고. 엄마랑 약속하라고. 그 뒤로 나는 엄마가 돌아가시면 아빠를 모시고 살아야 한다는 부담을 안고 지냈다. 심리 상담 선생님께 그간 집에서 있었던 일도 간단히 말하고 내 생각들도 말했다.

나는 내가 불효녀라고 했다. 엄마도 아빠도 싫고, 집도 싫고, 아빠를 모시고 사는 것도 싫고 다 싫다고 했다.

"제가 이상한 거죠? 자식이 부모를 모시기 싫어하다니……."

심리 상담 선생님이 어릴 때 폭력적인 가정 환경에서 자랐는데 그렇게 생각하는 게 당연하다고 했다. 나는 지극히 정상이라고 했다.

내 상담이 끝나고 부모가 뒤따라 들어왔다. 나는 그 옆에 앉았다. 엄마는 이미 눈물로 온 얼굴이 젖어 있었는데 심리 상담 선생님이 왜 울고 계신지를 물어봤다.

"저년이요, 저한테 엄청 모질게 했어요. 암에 걸린 지 애미한테 소리 지르고 홱 하니 집을 나가기나 하고. 지 애미 골수 이식할 때도 날 병원에 버려 놓고 단 한 번도 찾아오지 않았어요. 그래도 선생님, 저는 다 용서하려고 해요. 그래도 자식이라고 보고 싶어서 내려오라고 했더니 여기서 만나자고나 하고……."

다신 언급하지 않겠다던 자가조혈모세포이식 때의 일이 또 나온다. 아직 나는 용서받지 못했다.

선생님이 조곤조곤 말씀하셨다.

"어머니, 너무 속상하셨겠어요. 근데 따님 말고 남편이나 아들한테는 왜 병간호를 안 맡기셨어요?"
"이이는 사람이 많이 부족해요. 뭐가 뭔지도 몰라요. 아들도지 애비 닮아서 사리분별력이 떨어지고. 그리고 아무래도 딸이 병간호하는 게 더 편하죠."
"아니에요. 어머니, 어머니 병간호는 아버님이 하셨어야죠. 배우자잖아요."
"이이는 아무것도 할 줄 몰라요."
"아버님, 혹시 식사는 혼자 차려 드실 수 있나요?"
"네."
"그럼 빨래나 청소 같은 것도 혼자 하실 수 있나요?"
"네."
"그렇죠? 아버님도 다 하실 수 있죠? 아버님 혼자서도 생활을 잘 꾸려 가실 수 있어요."

엄마가 마저 말했다.

"저는 괜찮아요. 다 이겨 냈어요. 이제 다 용서하고 마음을 놓고 지내기로 했어요."

엄마가 나를 다시 용서한다고 했다. 저 말이 거짓말이라는 걸 안다. 엄마는 저 일을 잊지 못하고 결코 나를 용서하지도 않을 것이다. 발끈해서 엄마에게 말했다.

"거짓말하지 마. 엄마는 결코 날 용서 못 해."
"너 오늘 엄마랑 집에서 자고 가. 너 집으로 안 가면 나 오늘 콱 자살해서 죽어버릴 테니까. 너 올라가면 네가 나 죽이는 거니까 집으로 같이 가."

이제 협박까지 했다. 선생님이 격해진 부모를 잠시 밖으로 보내고 나와 이야기를 마저 끝냈다.

"어머니께서 아무래도 감정이 꽤 격해지셨고 자살도 언급하셨어요. 따님께서 힘드시겠지만 집으로 가서 하룻밤만 주무시고 가는 건 어떨까요?"

"저희 엄마 안 죽어요. 어릴 때부터 죽고 싶다는 말을 입에 달고 사셨어요. 그래도 여태 안 죽었어요. 지금 저것도 저 협박하는 소리예요."
"그래도 만에 하나라는 게 있으니까요. 오늘은 집으로 가시는 게 좋을 것 같아요. 그리고 상담 치료는 어머니만 받으시면 될 것 같아요. 세상을 보는 눈이 너무 왜곡되어 있으세요. 최소 10회의 상담 치료가 필요할 것으로 보여요."

고민거리를 안고 상담소를 나왔다. 부모는 벌써 차를 대기시켜 놓고 나를 태우고 가려고 만발의 준비를 하고 있었다. 차에 타고 있는 엄마에게 말했다.

"엄마, 엄마 여기서 심리 치료 10회 받기로 약속하면 오늘 집에서 자고 갈게."
"알았어. 알았으니까 빨리 타."

집에 도착해서 엄마에게 심리 상담 이야기를 꺼내자 엄마는 은근슬쩍 말을 바꿨다.

"엄마는 심리 치료 필요 없다. 엄마 스스로 이겨 낼 거야. 너희들한테도 더 이상 안 그럴 거야."

"나 집으로 데려오려고 거짓말한 거야?"

엄마는 굴하지 않았다. 오늘 한바탕 이야기하고 왔더니 속이 시원해졌다면서 벌써 다 괜찮아졌다고 했다. 벽을 보고 이야기하는 게 더 잘 먹힐 것 같았다. 자리를 박차고 나와 서울로 올라갈 준비를 했다.

"너 지금 올라가면 엄마 콱 혀 깨물고 죽어버릴 테니까 알아서 해."

엄마의 협박이 내 뒤를 따라왔지만 나는 그 이후로 다시 연락하지 않았다. 그 뒤로도 몇 번 집에 내려오라는 연락이 왔었는데 날 만나고 싶으면 심리 상담소에서 만나자고 했다. 하지만 그럴 생각은 없는 듯했다. 모든 걸 다 내려놓았다면서 돈은 놓지 못하신 듯 심리 상담 따위에 돈을 어떻게 갖다 바치냐고 했다. 그러면서 다신 너에게 그러지 않겠다며 지키지도 못할 약속을 했다. 이제는 속지 않는다.

한번은 남동생이 이제 곧 결혼한다며 상견례 때도 안 올 거냐며 문자가 왔다. 남동생 결혼이면 내가 집에 내려갈 줄 알았나 보다. 은근슬쩍 나를 떠보는 문자에 화가 나서 엄마에게 문자를 보냈다.

[저 정신과 치료받고 있어요. 두 분 때문에. 딸 자살하는 거 보고 싶지 않으면 연락하지 마세요.]

정신과 치료 같은 거에 의존하지 말고 마음을 잘 잡고 이겨내 보라고 답문이 왔다. 그리고 앞으로는 연락하지 않겠다는 답변도 왔다. 너무 세게 나간 거 아닌가 싶지만 심리 상담 선생님께서 부모님도 진실을 알아야 한다고 잘했다고 말씀해 주셨다.

엄마 병간호에 대한 이야기는 서울에서 내가 다니고 있는 병원의 의사 선생님과 심리 상담 선생님께도 들었던 이야기다.

"아니, 왜 병간호를 유라 씨가 도맡아 했어요?"
"제가 딸이고 엄마도 제가 하는 걸 편해했어요. 아빠나 동생이 하는 건 미덥지 않아 했구요. 그리고 제 의무? 같은 거라고 그 당시에는 당연하다고 생각했어요."

"엄마가 병원에 있을 때 아버지와 남동생은 뭘 했나요?"

"그냥 대전 집에 있었어요. 둘은 한 번도 병원에 올라온 적이 없었어요. 엄마가 자가조혈모세포이식 때문에 무균실에 있었을 때도 한 번도 온 적이 없었대요. 그런데요 선생님, 그 원망이 다 저한테 돌아와요. 둘은 모자라니까 못났으니까 기대도 안 하고 기대지도 않는데 저는 다른가 봐요. 아직도 엄마는 저를 용서하지 않았어요. 아직도 그 이야기를 해요. 그 둘한테는 안 하고 저한테만 해요. 제가 엄마를 버렸다고 해요."

"유라 씨가 병간호를 전담해야 할 의무는 없어요. 셋이 나눠서 해야 했어요. 사실 병간호의 가장 큰 의무자는 아버지예요. 배우자잖아요. 둘은 그냥 유라 씨한테 모든 걸 맡겨 놓고 얼마나 편하게 지냈겠어요. 유라 씨가 엄마에게 죄책감을 느낄 이유는 없어요. 용서받을 일을 한 적은 더더욱 없어요."

"제 남동생이 엄마한테 그랬대요. 누나가 엄마한테 사랑을 더 많이 받았으니 누나가 엄마 병간호를 하는 게 당연하다고."

"그런 말도 안 되는 소리가 어디 있어요. 유라 씨가 엄마 때문에 얼마나 힘들었는지 동생은 몰라요. 아버지도 그렇고 남동생도 그렇고 방관하기만 한 거예요. 방관만큼 편한 게 어디 있나요."

그때 알았다. 그제서야 엄마한테 용서받아야 한다는 집착을 내려놓을 수 있었다. 나는 엄마에게 용서받을 짓을 한 적이 없었다. 아빠와 남동생은 나에게 모든 걸 맡겨 놓고 편하게 대전 집에서 자유를 만끽했다. 내가 응급실 병원 바닥에서 구르고 있을 때 모든 걸 나에게 맡겨 놓고 둘은 그냥 방관하고 있었을 뿐이었다.

되풀이되는 기억

부모와 두 번째 연을 끊는 동안 나는 7급으로 승진도 하고 휴직도 했다. 휴직 기간 동안 배우고 싶었던 것도 배우고 운동도 하고 치료도 꾸준히 병행했다. 이제는 괜찮아질 거라 생각했지만 가족은 날 가만히 두지 않았다.

6개월 뒤 복직을 하고 새 부서에서 근무하던 중 아빠에게서 전화가 왔다. 무시했다. 이번엔 문자가 왔다. 엄마가 위독해서 서울에 있는 병원으로 가고 있다는 문자였다. 엄마가 돌아가시는 건가? 겨우 정신줄을 잡고 팀장님께 말씀드려 조퇴하고 병원으로 향했다. 가는 길에 예전에 상담 시간 변경 때문에 나에게 전화했던 심리 상담 선생님의 연락처를 찾아 전화했다. 나의 사정을 설명하니 선생님께서 일단 진정하고 엄마의 상태가 어떤지 정확히 모르니까 가서 눈으로 확인하고 상황을 판단하라고 해 주셨다. 그 말을 듣고 나니 조금 진정이 됐다. 마음을 진정시키고 엄마가 있는 병원으로 향했다.

코로나19 때문에 엄마는 응급실이나 병실로 바로 가지 못하고 임시 병실에 있었다. 그리고 보호자는 1명만 들어갈 수 있다는 말에 아빠와 보호자를 교대하고 엄마가 있는 1인실 임시 병실로 들어갔다. 엄마의 모습이 처참했다. 소변줄을 꽂고 온몸에 뭔가를 주렁주렁 단 채로 피검사를 하고 있었는데, 혈관을 잘 찾을 수 없어 간호사 선생님이 엄마의 몸을 여기저기 바늘로 쑤시고 있었다. 엄마는 너무 고통스러워했다. 얼굴은 눈물범벅이 된 채로 너무 괴롭다며 죽여 달라고 울부짖었다. 엄마가 아파하는 모습을 보면 눈물이 쏟아질 줄 알았는데 오히려 정신이 차분해지면서 침착해졌다. 정신을 똑바로 차리고 엄마를 위해 앞으로 해야 할 일을 생각했다. 몇 시간 뒤 코로나 검사 결과가 음성으로 나와 응급실로 병실을 옮겼다. 열을 떨어뜨리는 처치를 하고 진통제가 링거줄을 타고 엄마의 몸속으로 들어갔다. 한참을 고통스러워하던 엄마도 이제 어느 정도 진정이 되어 보였다. 아까보단 편해 보이는 엄마의 모습에 한시름 놓았다. 그리고 회사에서 급하게 온 터라 원피스에 구두 차림이었던 나는 아빠와 다시 보호자를 교대하고 집으로 돌아갔다.

조혈모세포를 이식한 지 10년 만에 엄마의 암이 재발했다.

항암 치료제를 먹은 지 3일째에 배가 점점 나오더니 고열이 나서 응급실로 오게 됐다고 했다. 복수가 가득 차 있었다. 엄마는 입원 내내 배에 구멍을 뚫어 복수를 뺐고, 복수를 빼는 이뇨제를 먹었다. 당연히 항암 치료는 중단되었다. 꽤 길어질 것 같은 병원 생활에 엄마에게 아빠와 남동생도 병간호를 같이 할 것을 말했다. 그러자 엄마가 말했다.

"네 애비는 지금 무릎이 너무 안 좋아서 병간호를 못 해. 그리고 네 남동생도 취업 준비하느라 여기 와 있을 시간이 없어. 너도 시간 안 되면 안 와도 돼. 엄마 혼자 있으면 돼. 부담 갖지 마."

말도 안 되는 말이었다. 직장에 다니는 나는 병간호를 해야 하는 의무가 있고, 아버지와 남동생은 이번에도 엄마가 의무를 면제해 준다. 더 이상 병간호는 온전히 나의 몫이 아님을 알았던 나는 엄마에게 확실히 말했다.

"응급실은 보호자 상주가 원칙이고 나도 매번 여기서 밤을 새울 순 없어. 이번에는 아빠랑 남동생도 나와 똑같이 번갈아 가면서 병간호를 해야 해. 오늘은 내가 여기서 밤을 보낼 테니까 내일은 아빠 보고 병간호하라고 해."

나의 강력한 주장으로 셋이 번갈아 가며 엄마를 병간호하기로 했다. 사실 엄마도 어지간히 속이 터지는 모양이었다. 나는 엄마가 필요한 것과 해야 할 것을 눈치껏 찾아 알아서 하고, 화장실 갈 때도 의료진의 연락을 놓치지 않기 위해 항상 핸드폰을 들고 다녔다. 그런데 아빠는 핸드폰을 놓고 어딘가를 한참 나갔다 오곤 해서 엄마가 검사를 하러 가야 하는데 보호자를 못 찾아 기다린 적이 한두 번이 아니라고 했다. 그리고 엄마 말에 의하면 간호사 선생님들께 "아가씨"라고 부른다며 아주 못 배워 먹은 티를 낸다며 속상해하기 일쑤였다. 이미 엄마와 아빠는 응급실 내 투덕거리는 부부로 아주 소문이 난 듯했다. 남동생은 아빠보다는 잘하는 것 같았는데 그래도 엄마는 내가 제일 편하다고 했다. 하지만 거기에 넘어갈 내가 아니었다. 나는 아주 철저하게 병간호 부담을 분담했다.

역시나 이번에도 응급실에서 며칠을 보내고 병실로 올라갔다(병간호를 나눠서 하니 응급실에서의 시간이 체감상 아주 짧았다). 이번엔 바로 다인실로 올라갈 수 있었다. 엄마는 이때다 싶었는지 딸이 서울에서 7급 공무원으로 근무를 하고 있다며 병실 사람들에게 자랑했다. 여기에 과거의 나 같은 사람이 있으면 어쩌지 하는 생각에 괜스레 민망해졌다.

엄마의 병간호를 하며 연락하지 못한 동안 있었던 일들과 안부를 물었다. 잘 모르는 사람이 볼 때면 완벽하게 사이좋은 모녀 관계다. 나는 엄마의 말에 감정적으로 대응하지 않기 위해, 엄마의 감정과 거리를 두기 위해 한 걸음 뒤에 서서 관망했다. 아마 나의 이런 태도로 다른 사람이 보았을 때는 좀 더 완벽한 모녀 관계로 보였을 것이다.

엄마는 입원해 있는 동안 내가 가지 않는 날에는 하루에 두세 번씩 전화를 걸었다.

"응, 엄마 몸은 좀 어때? 괜찮아? 열은 많이 떨어졌고? 몸에 발진은 좀 가라앉았어? 뭐 좀 먹었어? 응, 그래. 맘 편하게 먹고 온 김에 푹 쉬었다가 내려가."
"응, 괜찮아. 근데 몸에 물이 자꾸 찬대. 어제도 복수를 잔뜩 뺐어. 자꾸 물이 차서 걱정이다. 시골에 할 일이 가득인데 네 아빠도 자꾸 올라오느라 돌보지도 못하고 심란하다 심란해."

엄마의 목소리에 사랑과 자부심이 넘쳤다. 아마도 병실에 있는 모든 사람이 들을 정도로 크게 통화하고 있었을지도 모른다. 그런데 이 와중에도 시골에 할 일이 쌓이는 게 걱정스러웠나 보다. 현실 감각이 떨어지는 건가 답답하기만 했다. 며칠 뒤 엄마는 몸이 회복되어 퇴원했고 한 달에 한 번 외래로 올라오기로 했다. 그렇게 또다시 연락이 시작되었다.

심리 상담과 정신과 치료를 병행하며 엄마를 대하니 뭔가 가이드라인이 생긴 것 같아 한결 마음이 편했다. 해야 할 것, 하지 말아야 할 것 그리고 거리를 얼마나 두어야 하는지에 대해 상담을 통해 적정선을 설정했다. 매일 엄마에게 전화하는 것이 부담된다 하니 천천히 간격을 늘려가라고 조언해 주셨다. 이틀에 한 번, 사흘에 한 번 전화하는 간격을 늘렸다. 다행히 큰 저항 없이 자연스럽게 전화를 자주 하지 않아도 되는 상태가 되었다.

엄마와의 연락이 다시 닿았을 때 위독했던 엄마였기에 난 꽤나 다정한 딸이었다. 세상에 둘도 없는 다정한 모녀지간처럼 지냈다. 하지만 내 감정 소모가 꽤 컸나 보다. 엄마와 별문제도 없었고, 아빠와는 아예 연락도 안 했는데 자살 시도를 했다. 모든 게 처음으로 돌아가 부모와의 악연이 다시 시작될 것 같았다. 잘 지내다가도 어느 순간 돌변하여 화를 낼지도 모르는 엄마가 무서웠다. 예전에도 다정하게 잘 지내던 어느 날 엄마의 생일을 잊었다고, 전화를 자주 하지 않는다고, 다른 집 자식들처럼 살갑지 않다고 갑자기 전화로 나에게 악담을 늘어놓고 세상 나쁜 딸로 만들기 일쑤였다. 엄마의 감정 기복에 따라 나도 흔들렸다. 엄마와 나의 관계는 아슬아슬하게 줄타기를 하고 있었다.

기억 조각 모음의 끝

기억 조각 모음이 끝났다. 천륜을 끊은 게 몇 번이었던가. 지루한 싸움, 질긴 악연이었다. 엄마의 정신은 병들어 있었고 거기에 기생해서 사는 아빠가 있었다. 그리고 주지 않는 애정을 갈구하는 내가 있었다. 이제 더 이상 술만 마시면 폭력을 행사하던 아빠도, 모든 감정을 내게 쏟아내던 엄마도 없다. 하지만 여전히 나를 흔들려는 그들이 있고, 그들에게 흔들리지 않으려는 내가 있다.

기억 조각 모음을 하면서 이상한 부분을 고치고 순서를 맞추고 수정하는 과정에서 나는 바다의 바위섬처럼 온몸으로 파도를 맞고 또 맞았다. 기억을 헤집는 과정이 꽤 고생스러웠다. 몇 년 전에 있었던 일의 앞뒤를 짜 맞추고 그때 무슨 일이 있었는지 그때의 감정이 어땠는지 자세하게 적으려니 금방 몸도 마음도 피로해졌다. 그러면서도 이 과정을 계속 하다 보면 과거의 나를 보내줄 수 있을까 궁금했다. 하지만 기억 조각 모음을 했음에도 아무것도 확실해진 건 없었고, 앞으로 내 미래가 어떻게 될지도 알 수 없었다. 엄마 말대로 아빠를 모시고 살 수도 있고 아니면 아빠와 따로 살 수도 있다. 또 아니면 나는 부모와 세 번째로 인연을 끊을 수도 있다.

나의 부모는 성급히 결혼해서 부모가 될 준비를 하지 못한 채 부모가 되었다. 하지만 나의 부모는 나를 사랑했고, 나는 분수에 넘치는 사랑을 받았다. 다만 그 방식이 잘못됐고 과도했다. 나는 내가 살기 위해 부모를 버리는 패륜을 저질렀다. 내가 부모에게 희망 고문을 한 건 아닌지 죄책감도 들었다. 차라리 부모와 인연 끊은 다른 사람들처럼 아예 없는 사람처럼 살아야 하는데, 찔끔찔끔 연락을 했다 안 했다 하며 희망을 버리지 못하게 고문하고 있는 건 아닌지 자책도 했다. 상처받았던 어린 나를 위로하기 위해 써 내려간 이 글은 결국 내 외사랑을 끝내기 위한 글이 되었다. 이제 부모를 향한 내 사랑을, 돌아오지 않는 사랑의 응답을 기다리는 것을 그만두려고 한다.

최근에 연인과 함께 바닷가가 보이는 한 캠핑장으로 캠핑을 갔다. 캠핑장을 다 꾸미고 맞은편 도로에 위치한 스페인 마을에서 빵과 아메리카노를 사서 바닷가 산책길을 잠깐 걸었다. 내 손을 꼭 잡고 가는 연인의 모습을 보니 연인에게 미안한 마음이 들었다.

"미안해."
"뭐가?"
"죽으려고 해서. 이렇게 언니랑 좋은 데도 다니고 예쁜 것도 보러 다니고 해야 하는데. 죽으려고 해서 미안해……."
"그렇게 말해 줘서 고마워. 앞으로는 그 정도로 많이 힘들 땐 언니한테 꼭 말해야 해?"

한 달여간 연인을 설득해서 차에서 다시는 허튼짓하지 않겠다고 약속을 하고 차를 돌려받았다. 다음 날 바로 실내 클리닝을 예약하고 며칠 뒤 차를 받았다. 클리닝을 마치고 조수석을 보니 번개탄이 바닥재를 태우다 못해 차 바닥까지 뚫어버렸다. 차 수리를 가야 하는데 카센터 사장님께 뭐라고 설명을 해야 할지도 모르겠고, 또 알면서 아무 말도 못 하실 모습도 보기가 싫어 아직 가지 않았다. 실내 클리닝으로 최대한 연기 냄새를 빼 주신 것 같았지만 아직도 차에선 연기 냄새가 났다. 바닥이 뚫린 채로 연기 냄새를 맡으며 운전을 하다 보면 죽으려고 했던 그때의 기억이 났다. 내 차는 폐차가 될 뻔했다가 살아남았다. 그리고 나도 살아남았다.

내 과거가 담긴 찢긴 일기장과 그 외 몇 권의 일기장은 안 보기로 결정했다. 그건 과거의 나라는 걸 받아들였다. 이제 현재의 나를 위해, 미래의 나를 위해 살아가 보기로 다짐했다. 언제 상처받은 어린 내가 갑자기 튀어나올지 모른다. 또 언젠가 다시 자살 충동이 슬며시 올라올 수도 있다. 그래도 내 옆엔 나를 사랑해 주는 사람들, 믿음직한 연인이 있다. 이제야 주변에 날 사랑해 주는 이들이 눈에 들어오고 이제 그들에게 내가 응답할 차례다. 꾸준히 심리 상담 치료와 정신과 치료를 병행하며 여느 보통 사람들처럼 사는 게 당연하게 느껴질 때까지 버텨보려 한다. 점점 강해지는 나를 희망한다.

에필로그

글을 마치고 두어 달이 지났다. 글을 쓴다고 크게 달라지는 건 없었다. 나는 아직도 자해 충동과 자살 충동에 시달린다. 이유 없이 눈물이 흐르거나 흐느껴 울 때도 있다.

며칠 전 의사 선생님이 나에게 질문을 하나 하셨다.

"살아가는 이유 중에 본인을 위한 게 하나라도 있어요?"

바로 대답하지 못하고 한참을 생각하다가 엉뚱한 대답을 했다. 그리고 그 질문에 대해 며칠동안 생각했다. 내가 사는 이유에 날 위한 게 있던가? 아무리 생각해도 적당한 대답이 떠오르지 않았다. 연인에게 물어보니 "그냥 다 날 위해 사는 거지"라고 했다. 전혀 공감되지 않았다. 뭘까? 내가 사는 이유 중에 날 위한 것이. 누군가 힌트라도 줬으면 좋겠다.

집에 오자마자 침대에 쓰러지듯 누워 잠을 청했다. 자는 것도 아닌 깬 것도 아닌 상태로 꿈을 꾸었다. 꿈속에서 하얀 원피스 잠옷을 입고 털썩 주저앉아 웅크린 내가 엉엉 울고 있었다. 나는 다가가서 울고 있는 나를 꼭 안아 주었다.

"괜찮아. 네 잘못이 아니야."

울고 있던 내가 점점 어려졌다. 15살, 11살, 5살. 어려진 나를 무릎 위에 눕히고 그 말을 계속 반복하자 한결 편안한 표정으로 어린 나는 잠이 들었다. 반면, 현실의 나는 베개가 흠뻑 젖도록 울고 있었다. 그리고 잠에서 깨어 한참을 더 울었다.

내가 늘 하는 가정이 있다. ~했더라면 ~하지 않았을까? 내가 살가웠다면 우리 가족이 좀 더 화목하지 않았을까? 내가 애교도 많고 밝은 성격이었다면 부모와 잘 지낼 수 있었을까? 내가 그때 그러지 않았더라면 감정의 골이 이 정도까지 깊어지지 않았을까? 내가 좀 더 노력했더라면 이 지경까지 오지 않았을까? 예전의 나였다면 또다시 끝없는 자책과 우울함에 빠졌겠지만, 이제는 나에게 괜찮다고 괜찮을 거라고 위로를 건넬 수 있게 됐다.

내가 주문처럼 외우는 이 위로로 언젠가 정말 괜찮아지길 기대한다. 진정으로 내가 나를 용서하고 꼭 안아 줄 수 있는 날이 오기를 바란다.

어느 공무원의 우울

초판인쇄 2021년 11월 22일
초판발행 2021년 11월 22일

지은이 정유라
펴낸이 채종준
기획 편집 유나영
디자인 서혜선
마케팅 문선영 전예리

펴낸곳 한국학술정보(주)
주 소 경기도 파주시 회동길 230(문발동)
전 화 031-908-3181(대표)
팩 스 031-908-3189
홈페이지 http://ebook.kstudy.com
E-mail 출판사업부 publish@kstudy.com
등 록 제일산-115호(2000. 6. 19)

ISBN 979-11-6801-177-9 03810

크루는 한국학술정보(주)의 출판브랜드입니다.